徳 間 文 庫

# 魚影島の惨劇

大石 圭

徳 間 書 店

目次

## ●主な登場人物

早野あずさ……十八歳の美少年。高校を中退、しばらくの家出の後、魚影島に来た。
上原光三郎……六十二歳。塾生では最年長。元、中学校の国語の教師。
久保寺和男……五十歳。元、飲食店の経営者。塾に多額の寄付を。
星優佳里……二十四歳。元、大手自動車メーカー事務職。城戸孝治と恋仲。
一条千春……二十一歳。島のアイドル的存在。大学休学中。早野あずさに恋心を抱く。
城戸孝治……二十七歳。元、サラリーマン。長身でハンサム。
青木潤……四十歳。夢をあきらめ、島を去ることに。
清水由美……三十歳。元、地方新聞の記者。川端隼人と恋仲。
吉岡一馬……三十歳。元、ギタリスト志望者。剽軽もの。
石橋麗子……四十歳。元、主婦・ホテル厨房勤務。塾では食事係担当。
川端隼人……三十五歳。元、フリーター。現在の塾生では最古参でリーダー的存在。
杉田流星……二十八歳。元、高校球児、不動産会社営業職。陽気な人気者。
小川翠……三十八歳。元、大手出版社勤務の編集者で、國分を担当。
水原綾乃……三十四歳。かつて作家デビューしたが失速。再デビューを目指している。

**國分誠吾**…………五十五歳。時代小説のベストセラー作家。魚影塾主催者。

**國分沙希**…………二十九歳。國分誠吾の娘。自由奔放な性格で塾生たちを翻弄する。

# プロローグ

少女のようにも見える美しい少年が穴を掘っている。ほかのふたりの男の人たちと一緒に、足元の土にスコップを深く突き刺し、腰を入れて湿り気を帯びた土を掘り起こし、それを自分の傍らに積み上げていく。

わたしは彼らのすぐそばで、目に涙を浮かべてその様子を見つめている。

三人が掘り出した土では無数の虫たちがさざめいている。たった今まで真っ暗な土の中に身を潜めていた虫たちは、太陽の眩(まぶ)しさに慌てふためき、その光から逃れようとするかのようにまた土に潜り込もうとする。

夏の朝日が容赦なく照りつけている。穴を掘る三人はみんな汗まみれで、シャツを体にぴったりと張りつかせ、顎の先から絶え間なく汗の雫(しずく)を滴らせている。

スコップを動かす手を止めた少年が、長く息を吐きながら腰を伸ばす。額に噴き出した汗を手の甲で拭う。彼が泣いているわたしに顔を向け、ふたりの視線が一瞬交錯する。

やかましいほどの蟬の声が耳に絶え間なく飛び込んでくる。打ち寄せる波の音も聞こえる。海を渡って来た強い風が、木々の葉をザワザワと揺らしている。

濃密な潮の香りを含んだその風を、わたしは静かに吸い込む。ふと脇を見る。

すぐ近くの土の上に、白い木綿の布に包まれた死体が横たえられている。

そう。そこにあるのは、命を亡くした女の人だ。三人は今、その死体を埋めるための墓穴を掘っているのだ。

白い布に包まれた死体を、何人もが取り囲んでいる。女の人たちが啜り泣いている。男の人たちの顔にも沈痛な表情が張りついている。

立ち並んだ木々のあいだから、海と空と雲と水平線が見える。その水平線のすぐそばに船の姿が小さく見える。近づいている台風のせいで風が強い。青い空を雲が次々と流れて行く。海面には無数の白波が立っている。

「疲れたか、あずさ?」

一緒に穴を掘っている男の人のひとりが、手を止めた少年に訊く。笑みを絶やすことのないその男の人の顔も、今はひどく強ばっている。

「いいえ、大丈夫です」

小声でそう答えると、少年が再びスコップを地面に突き刺す。力を込めて土を掘り上げ、その土をまた傍らに積み上げる。

「そのくらいの大きさがあれば充分だろう」

いかつい顔を強ばらせた塾長が、穴を掘っている人たちに言う。塾長は布に包まれた死体に歩み寄り、その脇に身を屈(かが)め、布の一部をそっと広げる。

布の中から女の人の顔が現れる。目を閉じた彼女の顔には血の気がないが、苦痛に歪(ゆが)んでいるようなことはなく、わたしにはただ眠っているだけのようにも見える。

「綾乃(あやの)……どうして？」

死体の顔を見つめた塾長が唇を噛(か)み締める。広げた部分の布を元に戻す。

立ち上がった塾長が、澄んだ目で周りの人々を見まわして言う。

「葬ろう」

その言葉に何人かが無言で頷(うなず)く。

数人の男女が布に包まれた死体を持ち上げる。掘られたばかりの細長い穴の底に静かに下ろす。何人かが野の花を穴の中に投げ入れる。

死体を勝手に埋めてしまって、本当にいいのだろうか？

穴の中に下ろされた死体を見つめてわたしは思う。これは明らかに、この国の法律に反することだ。

けれど、それを言い出すことはできない。この島での法律は塾長なのだから。

「土を被せなさい」

塾長が低い声で告げ、少年がほかのふたりの男の人と一緒に、掘り上げたばかりの土を死体になってしまった女の人に被せていく。

土を掘り出すのに比べると、埋め戻すのはあっけないものだった。掘り出したすべての土を元に戻すと、そこに小さな丘ができた。丸く盛り上がったその丘の頂きに、ひとりの男の人が大きくて白い石をそっと置いた。

塾長がその石に歩み寄り、毛筆と墨を使って墓碑銘を書く。

「黙禱（もくとう）」

墓碑銘を書き終えた塾長が言い、そこにいる全員が首を垂れる。

潮の香りを含んだ強い風が音を立てて吹き抜けていく。女の人たちの啜り泣く声が続いている。

# 第一章

## 1

その朝も、鳴り響く時計の音で少年は目を覚ます。時計の針は六時を指している。鳴り続ける時計を止めた少年が、小麦色に焼けた裸の上半身を布団の上に起こす。贅肉(ぜいにく)のない華奢(きゃしゃ)な体が汗で光っている。

少年がいるのは薄いベニヤ板の壁に囲まれた三畳ほどの小部屋だ。窓はないけれど、どこからか朝の光が入ってきて、小部屋の中は真っ暗というわけではない。

その狭い部屋にあるものは、彼が寝ていた薄い布団と小さな座布団、質素な木製の座り机、それに茶箱を利用した衣装ケースだけだった。座り机の上には卓上の読書灯があり、その脇に原稿用紙と数冊の本、国語辞典、それに木製の筆箱が置かれている。

ベニヤ板の壁の向こうから、隣室の人が着替えをしているような音がする。頭上からも人が歩く音が聞こえる。

少年はTシャツと木綿の短パンを素早く身につけ、木綿の靴下を履いて小部屋を出る。部屋のドアの外には狭い廊下があって、廊下の片側にいくつかのドアがある。それらのドアが次々と開けられ、三人の男たちが次々と姿を現す。三人ともTシャツに短パンという恰好(かっこう)で、誰もがよく日に焼けている。

「おはよう、あずさ」

男のひとりが笑顔で少年に言う。

「おはようございます」

あずさと呼ばれた少年も笑顔でそう答える。

一階にいるほかの三人と一緒に、少年はゴム長靴を履いて屋外に出る。ほぼ同時に、建物の外につけられた鉄製の階段を鳴らしながら四人の男たちが降りてくる。

二階で寝起きしている四人も全員がTシャツに短パンという恰好で、全員が小麦色に日焼けしている。

「おはようございます」

「おはよう」

「おはようございます」

男たちは口々に挨拶を交わす。

「きょうも暑くなりそうだな」

男たちのひとりが空を見上げて言う。

けれど、朝日が登ったばかりの今は、少年の髪を靡かせる風はまだひんやりとしている。

海の上を吹き抜けてきたその風が濃密な潮の香りを運んでくる。絶え間なく打ち寄せる
波の音が、いたるところから聞こえる。

そう。ここは絶海の孤島と言ってもいいような場所なのだ。

前方の木々のあいだから、一番近い有人の島である仔羊島が小さく見える。仔羊島の
周りにもいくつもの小島がぼんやりと見えるが、それらはすべて無人島だ。

「あずさくん、きょうも頑張ろうな」

この島の最年長の男が笑顔で言い、少年も笑顔で「はい」と言って頷く。

ここに来るまでの少年は、ほとんど笑うことがなかった。けれど、この島での彼は頻繁
に笑みを浮かべていた。

建物を出た男たちは、それぞれが今朝の持ち場へと向かって歩き始める。昼食の支度に
行く者、鶏の世話をしに向かう者、魚を獲りに海へと赴く者……ここでは何もかもが当番

制で、今週の少年の仕事は農作業だった。

少年の名は早野あずさ。年は十八歳。入学してすぐに高校を中退してしまったが、同級だった者たちは、春に高校を卒業したはずだ。

早野あずさは四ヶ月前、四月の初めにここにやって来た。この島には現在、九人の男と七人の女が暮らしているが、その十六人の中で十代はあずさだけだった。

一緒に農作業をするふたりの男と一緒に、あずさは鎌とスコップを手にして畑へと通じる小道を歩く。その途中でふと足を止め、歩いてきた小道を振り返る。

あずさの背後には建設現場にあるような二階建てのプレハブ住宅があった。それが男たちの宿舎だった。

冷暖房の設備がないプレハブの建物は、この季節は猛烈に暑かった。あずさはこの島の春と夏しか知らなかったが、冬はひどく寒いのだと聞いていた。便利な生活に慣れた人たちには、きっと耐えられないだろう。

だが、彼はここでの暮らしが気に入っていた。

この島は、これまであずさが生きてきたところとはまったく別の世界だった。ここでは余計なことに頭を悩ませたり、心を痛めたりする必要がまったくなかった。

## 2

いたるところから鳥たちの声がする。蟬の鳴く声も聞こえる。照りつける日差しは刻々とその強さを増している。

今週の男の農作業当番は、この島での最年長、六十二歳の上原光三郎と、五十歳の久保寺和男、そして、最年少の早野あずさの三人だった。

三人が向かっている畑は、宿舎の建物から数十メートルほどのところにあった。何人もの手で長年にわたって林を切り開くことによって、少しずつ大きくしてきたという畑だったが、その面積は今も三百平方メートルに満たなかった。

その小さな畑ではすでに、女子の農作業組が収穫の作業を始めていた。

今週の女子の農作業組は星優佳里と一条千春のふたりだった。二十一歳の一条千春は女子の最年少で、二十四歳の星優佳里はこの島ではあずさと千春に次いで若かった。

「おはようございます」

ふたりの女たちが口々に言い、あずさたち男子の農作業組も同じ挨拶を返した。

「あずさくん、朝はいつもすごく眠たそうね」

くりくりとした大きな目であずさを見つめて、一条千春が微笑(ほほえ)んだ。そんなふうに笑うと、ふっくらとした右の頰にエクボが現れた。天真爛漫で可愛らしい彼女は、島のアイドルのような存在だった。

「ええ、少し。でも、大丈夫です」

あずさもまた日焼けした顔に笑みを浮かべた。

一条千春は東京の大学に通っていたが、去年の三月に休学してこの島に来たと聞いていた。彼女は中学生の頃から作家になりたいと考えていたのだが、ここに来るまでは小説を書き上げたことがなく、ここで書いた作品が彼女の処女作となった。初めて書いたその小説は、師の國分誠吾(こくぶんせいご)と同じく、江戸の庶民を主人公にした小説だった。

「初めて書いたにしては、素晴らしい出来栄えだ」

國分にそう言われて、千春はそれを大手の出版社の文学賞に投稿した。

「まだ修業を始めたばかりですから、期待はしていません」

作品を投稿する時に、千春は周囲の者たちにそう言った。

だが、驚くべきことに、千春の処女作は、つい先日、文学賞の最終選考の四作品の中に残った。受賞にはいたらなかったが、選考委員のひとりは彼女の才能を賞賛していた。

そんなこともあって、千春は今、みんなの注目を一身に集めていた。


あずさたちはすぐに農作業を始めた。

ふたりの女が収穫をしているあいだに、男たちは毛虫やアブラムシなどの害虫を駆除し、病気になった葉の一枚一枚を刈り取り、雑草の一本一本を引き抜き、それぞれの作物の根元に追肥を施していった。

ここでの農作業はすべてが手作業だった。農薬も化成肥料も使わないので、作物を収穫するまでにはとてつもなく手がかかった。だが、少なくともあずさは、手のかかるこの農作業を楽しいと感じていた。

太陽がぐんぐんと高くなり、日差しも刻々と強くなる。気温も急激に上がっていく。作業を始めて十五分としないうちに、少女のようにほっそりとしたあずさの体は汗まみれになっている。

作業を続けながら、あずさは何度となく腰を伸ばし、自分と一緒に働いている四人に視線を送った。経歴も年齢もバラバラな人たちと一緒に、ここで自分がこんなことをしていることが、とても不思議なことに感じられた。

島での最年長の上原光三郎は、かつては東京の公立中学校で国語の教師をしていたと聞いている。彼はその頃からこの島の存在を耳にしていて、ここでの暮らしに憧れていた。島に来るまでには少し悩んだというが、定年を迎えたのを機に思い切ってやって来たのだという。彼には東京に妻と息子と娘がいるようだった。

久保寺和男は横浜で複数の飲食店を経営していたらしい。その会社はとてもうまくいっていて、彼は横浜の豪邸で豊かな暮らしを送っていたのだという。けれど、いつの頃からか作家になりたいと切望するようになり、一代で築き上げた会社を人に譲ってこの島にやってきた。

久保寺和男は國分誠吾を崇拝していて、多額の寄付をすることでこの私塾を経済的にも支援していた。久保寺にも横浜に妻子がいると聞かされている。口数は多くはないが、あずさにはいつも人懐こそうな笑顔を向けてくれた。上原光三郎は二年前から、久保寺和男は一年半ほど前からこの島で暮らしているようだった。

星優佳里は名古屋の大手自動車メーカーで事務の仕事をしていたらしい。去年の春、その会社を辞めて、彼女はこの島にやって来て、塾生の城戸孝治と恋に落ちた。城戸孝治は背が高くてハンサムな上に、穏やかに話す優男で、ふたりは今、仲のいい恋人同士だった。彼女は城戸孝治のことを『こうちゃん』と呼んでいた。

淑やかな優佳里は、ＯＬをしていた頃には毎朝、しっかりと化粧をして出勤していたという。けれど、あずさは化粧をしている彼女を見たことは一度もない。

この島では國分沙希を別にすれば、化粧をしたり、アクセサリーを身につけたり、着飾ったりしている女は誰もいなかった。

「農作業は執筆に似ていると思う」

四ヶ月前、この島に来たばかりの頃、塾長の國分からあずさはそう言われた。

土を丁寧に耕し、そこに質のいい種を蒔き、決して乾くことがないように水を与え、たっぷりと肥料をやらなければ……そして、害虫を駆除し、雑草を引き抜き、手間と時間をかけなければ、多くの作物を刈り入れることは望めない。それと同じで、全身全霊を傾け、命を削るようにして書かなければ、人の心を打つものは決して書けないのだ、と。

あの時、國分は机に広げた真っ白な半紙に、毛筆を使って美しい文字を書き並べ、その半紙をあずさに手渡した。

『良き地に落ちし種あり、或は百倍、或は六十倍、或は三十倍の実を結べり』

新約聖書からの引用のようだった。國分はカトリック教徒で、その机の上にはいつも聖書が置かれていた。

あずさはその半紙を自室の壁に張り、今も一日に何度となく読み返していた。

## 3

早野あずさが所属している団体は、作家の國分誠吾が主宰する『魚影塾（ぎょえいじゅく）』といい、あずさたちが暮らすこの小島は、國分によって魚影島（うおかげじま）と名づけられていた。

魚影塾の名の由来は、魚の群れを言葉に喩えたものだった。塾長の國分誠吾によれば、言葉を求めてさまよう自分たち作家の姿は、大海に舟を出して魚群を追い求める漁師のそれによく似ているのだという。

魚影塾を主宰している國分は、時代小説のベストセラー作家だった。彼は江戸時代に生きる庶民の物語を、当時の江戸に行って見て来たかのようにリアルに書くことで知られていた。國分が書くのは名もない市井の人々の姿ばかりで、歴史に名を残したような人物は書かなかった。

國分は引き締まった体つきをした男で、顔はいかつくて強面（こわもて）だったけれど、笑顔が人懐こくて親しげだった。彼は恐ろしく澄んだ目の持ち主だった。

そう。澄んだ目。

國分を形容しようとする時、あずさはいつもその言葉を思い浮かべた。

國分はずっと東京で暮らしていた。だがある日、江戸時代の庶民のような暮らしをしてみようと思い立ち、今から二十年前に無人島だったこの小島を買い、妻子とともに移り住んだ。その時、國分は三十五歳で、妻の有希(ゆき)は三十二歳、ひとり娘の沙希はまだ九歳だった。

長崎県の五島列島に属しているこの小島は、当時は別の名で呼ばれていた。今も地図の上では違う名になっている。けれど、ここに移り住んですぐに、國分はこの島を『魚影島(うおかげじま)』と命名した。

魚影島で生活を始めた國分は、外界と隔絶された環境で、江戸時代の人々の暮らしにできるだけ近い生活をするように心がけ、彼らが感じた寒さや暑さ、ひもじさや不便さなどを実感しながら、江戸を舞台にした小説を書き続けた。その頃から、彼の書く作品は一段とリアリティを増したと言われている。

かつての國分は弟子を取ることなど考えもしなかった。けれど、十二年前に妻の有希を亡くした頃から、自分が習得してきた小説の書き方を誰かに伝授したいと思うようになり、ちょうど十年前にこの魚影塾を立ち上げ、塾生を募り始めた。

この十年のあいだに、作家になりたいと切望する大勢の者が島にやってきて、塾生として暮らした。その数は延べ四十人を超えている。その中のふたりは望み通り、作家としてデビューし、そのひとりである岩切健太郎は今、師である國分に劣らぬベストセラー作家になっている。

魚影塾では今も十四人の塾生たちが、國分や岩切健太郎のような作家になることを目指して、自給自足に近い共同生活を送り続けていた。

國分は細々とした指導はしなかった。彼は塾生たちによく、『上手くなる必要はない』と言っていた。國分によれば、プロの作家への一番の近道は、上手く書くことではなく、ほかの作家とは違うものを、ほかの作家とは違う言葉で書くことだった。

國分は塾生の短所を矯正せず、長所を伸ばそうとしていた。

魚影島に一番近い有人の島は、仔羊島という人口数十人の小島だった。

仔羊島には食料品と雑貨を売る小さな店と郵便局のほかに、カトリックの教会があった。一日に二度、五島市を出ていくつもの島々を巡り、また五島市へと戻って行くフェリーが来ていた。仔羊島では電波状態が悪いながらもWi-Fiが使えたし、携帯電話で通話することもできた。その仔羊島に週に二度、生活必需品の買い出しや郵便物の受け渡しのために、塾生たちは手漕ぎのボートで渡っていた。

魚影島から見ると、仔羊島はすぐそこにあるようにも感じられる。だが、手漕ぎのボートだと仔羊島に行くには約一時間、帰って来る時には五十分ほどがかかった。波や風の状態によると、それより長い時間がかかることもあったから、仔羊島への往復は簡単ではなかった。

魚影島の四分の一の土地は比較的平坦だったが、残りの四分の三は木々が生い茂った急な斜面になっていた。その急斜面の頂上は三十メートルほどの高さがあり、頂上の真下は切り立った断崖絶壁になっていた。島の周りは岩場ばかりで、砂浜はまったくなかった。

島には今、四棟のプレハブが建てられていた。そのひとつは男の塾生が寝起きするためのもので、別のひとつは女の塾生のための建物、あとのふたつは國分誠吾と彼の娘の沙希のプレハブだった。

國分のプレハブはかなり大きくて、その一階部分が集会室と食堂を兼ねた共有のスペースになっていた。そのプレハブと塾生たちのプレハブは二階建てだったが、沙希のプレハブは平屋だった。三つの建物は隣接するように建てられていたが、沙希の建物だけは少し離れた林の中の斜面に位置していた。

國分が移り住んで二十年がすぎた今も、島には電気が通じていなかった。ガスも水道もなかったし、固定電話もなかった。携帯電話やスマートフォンも使えなかった。

二十年前に移住したばかりの頃の國分は、仔羊島への往復にモーターボートこそ使ってはいたが、電気のない暮らしをし、夜はランプや蠟燭（ろうそく）や行燈（あんどん）を使い、火鉢で暖をとっていたのだという。

今、魚影島では、それぞれのプレハブの屋根に設置されたソーラーパネルで電気を作り出し、その電気を大型の蓄電機に蓄えて使っていた。だが、太陽光で発電できる電力は限られていたから、大量の電気を使う製品や、電気を熱源とする製品を使うことは難しかった。天気が悪い日が続くと蓄えている電気の量が減るので、そういう時にはみんなで節電に精を出した。

電気を有効利用するために、魚影島では照明にはLEDを使っていた。塾生たちの個室にもLEDの読書灯が一台ずつあり、彼らはその明かりの下で執筆をしていた。ただ、塾長の國分だけは、今も蠟燭やランプを使っていた。

集会室にはラジオが一台あった。かなりの雑音が混じるそのラジオによって、塾生は外界のニュースと接していた。ほかに電化製品はほとんどなかったが、集会室の片隅にはコピー機が置かれていた。塾生たちはそれを使って投稿する前の原稿をコピーした。

島には井戸がひとつだけあった。何年も前に塾生が力を合わせ、とてつもない労力を使って掘った井戸だった。せっかく掘った井戸ではあったけれど、その水はわずかに塩気を含んでいて飲料水とするには適さなかった。それでも、塾生たちはその水で洗濯と入浴をしていた。雨水も溜めて大切に使っていた。

岩に囲まれた魚影島には港がないので、大型の船舶は近寄れなかった。かつて、國分が妻と娘の三人で暮らしていた頃には、四人乗りのモーターボートを利用していた。だが、塾生たちが暮らすようになってからは、手漕ぎのボートを使うようになっていた。

何年か前、塾生の何人かが國分に、モーターボートの購入を提案したことがあった。けれど、國分はそれを認めなかった。『江戸の人たちはモーターボートなんか持っていなかった』というのが理由だった。

塾生たちは今、手作りの小さな桟橋を利用して手漕ぎのボートに乗り降りしていた。その桟橋には数ヶ月に一度、國分に会うために、仔羊島からモーターボートで編集者が訪れていた。

島には車もバイクも自転車もなかった。冬場は薪（まき）を使って暖をとれたが、扇風機もないので夏はとても蒸し暑かった。

その暮らしは本当に不便だった。だが、塾生が文句を口にすることはめったになかった。

魚影塾の運営費は月々の会費と支援者の寄付、それに國分の私財で賄われていた。塾生のひとりである久保寺和男は、会費とは別に、多額の寄付をしていた。あずさは父からもらう小遣いで会費を払っていたが、会費が払えない者は払わなくてもいいという決まりになっていて、半分ほどの塾生は会費を収めていなかった。

塾の支援者のひとりは元塾生で、今はベストセラー作家になっている岩切健太郎だった。そのほかにもひとり、作家としてデビューした内田真紀子(うちだまきこ)という女の塾生がいた。内田真紀子はすでに筆を折ってしまったようだが、そのふたりの存在が塾生たちの励みになっていた。

だが、塾生たちの多くがいつか夢を諦め、ここを去って行く。まさにあしたも、四十歳の誕生日を迎えた青木潤(あおきじゅん)が島を去ることになっていた。

## 4

腕時計の針が十一時を指したのを機に、畑で働いていた五人は作業をやめた。

オクラ、ピーマン、なす、きゅうり、トマト、かぼちゃ、ズッキーニ、ゴーヤ、シシトウ……五人は採れたての野菜を持って集会室へと向かった。

「腹が減ったなあ」

久保寺和男が笑いながらあずさに言い、あずさも「そうですね」と言って笑った。

これから待ちに待った昼食だった。ここでの食事は正午の昼食と、午後八時の夕食の二回だけだった。六時に起きてからずっと働き通しだったから、この時間にはほとんどの者が強い空腹を覚えていた。

農作業を終えた五人は誰も彼もが汗だくだった。三人の男は集会室のあるプレハブのすぐそばで女たちと別れ、男子の沐浴場へと向かい、囲いがされたその場所で着ているものを脱ぎ捨て、井戸から汲み上げた水で汗を流した。井戸の水は飲料水とするには適さなかったけれど、体を洗ったり、洗濯をしたりする分には支障がなかった。

上原光三郎も久保寺和男もかつては太っていて、腹が突き出ていたのだという。だが、ここでの毎日の労働と、規則正しい食事のおかげで、今はふたりとも引き締まった体になっていた。

「あずさくんの裸を目にするたびに、女の子の裸を見ているみたいでドキドキしちまうよ」

あずさに視線を向けた久保寺が笑いながら言った。やり手の経営者だった彼は魅力的な笑顔の持ち主だった。

「うん。実は、わたしも裸のあずさくんを見ると、女子生徒の裸を盗み見ているみたいな後ろめたい気になるんだよ」

今度は上原光三郎が言った。「顔も女の子みたいに可愛いしね」

「前にも言いましたが、毛が生えていないのは生まれつきなんです。そういう体質みたいなんですよ」

さりげない口調であずさは答えた。人に訊かれるたびに同じことを答えているから、今ではそのことを尋ねられても戸惑うことはなかった。

髪と眉と睫毛(まつげ)を別にすると、あずさの体には体毛がまったく生えていなかった。腕や脚だけでなく、腋の下にも股間にも毛が一本もなかったし、髭(ひげ)も生えていなかった。


着替えを済ませたあずさが集会室に入っていくと、その片隅に作られた調理場で、炊事当番の四人が忙しそうに昼食の支度を続けていた。

今週の炊事当番は地方新聞の記者だった三十歳の清水由美(しみずゆみ)と、由美と同い年でプロのギタリストを目指していた吉岡一馬、一昨年までサラリーマンだった二十七歳の城戸孝治、それに家庭の主婦だった四十歳の石橋麗子の四人だった。

食事の当番も交代制だったが、石橋麗子だけは料理長としてずっと食事係をしていた。彼女は三年前に夫と別れ、その直後にこの島にやって来た。子供はいないと聞いている。彼女にはホテルの厨房で働いた経験があるようだった。

その石橋麗子が、いつものように、ほかの三人に細々とした指示を出していた。この島にはガスが来ていないので、煮炊きには手作りのかまどや七輪を使っていた。そんなこともあって、食事の支度には時間も手間もかかった。

「何か手伝うことはありませんか？」

大きな鍋で味噌汁を作っている石橋麗子にあずさは尋ねた。かつてのあずさは人に話しかけたりしなかった。けれど、ここに来てからの彼は、以前よりはスムーズに会話ができるようになっていた。

「ありがとう、あずさくん。それじゃあ、このお味噌汁を見ていて。煮立つ前に、必ず火から下ろしてね」

テキパキとした口調であずさに言うと、石橋麗子はあずさの返事も聞かずに味噌汁の鍋から離れ、大きな中華鍋で野菜を炒めている吉岡一馬の様子を見に行った。

いつものように、大鍋の中の味噌汁にはたっぷりと野菜が入っていた。その味噌汁の様子を見ながら、あずさは集会室と食堂を兼ねた室内を見まわした。広々としたそこには今、朝の仕事を終えた者が続々と戻ってきていた。塾長の國分の姿も見えた。だが、いつものように、塾長の娘の沙希はいなかった。この島では誰もが早起きだが、沙希だけは自然と目が覚めるまで眠っているのだ。

味噌汁が沸騰し始める直前に、あずさはその大鍋をかまどから下ろし、人数分の漆(うるし)の椀を食器棚から取り出した。その直後に、川端隼人(かわばたはやと)と杉田流星(すぎたりゅうせい)が集会室に入って来た。

「おーい、みんな。きょうは大漁だった。ほらっ、鯖(さば)と鯵(あじ)がこんなに釣れたぞ」

ふたつのバケツの中の魚を指して、杉田流星が部屋中に響き渡るような大声で言った。二十八歳の杉田流星は、明るく元気で人懐こく、声の大きな男だった。

「すごいな。本当に大漁だ。隼人も流星も、よくやった」

バケツの中を覗(のぞ)き込んだ塾長の國分が笑みを浮かべて言った。いかつい顔とは裏腹に、國分はよく笑う男だった。

「今朝は入れ食い状態で、糸を垂れるたびに魚がかかりました」

杉田と一緒にボートで海に出ていた川端隼人が、日焼けした精悍な顔に穏やかな笑みを浮かべて國分に言った。

「入れ食いか。俺にも経験があるが、そういう日は網にたくさんの言葉が入って来て、本がどんどん書けるんだ。期待するといいぞ」

あの澄んだ目で川端隼人を見つめて國分が言い、川端が「そうなればいいんですが」と言ってまた笑った。

川端隼人は三十五歳だった。彼は東京都内の大学の文学部を卒業後、アルバイトを転々としながら作家を目指していた。五年以上前からこの島にいる川端は、今では島で一番の古株で、ここでのリーダー的な存在だった。高校までは水泳部だった川端隼人は、泳ぐのがうまいだけでなく、運動神経も抜群だった。

川端と一緒に海に出ていた杉田流星は元高校球児で、その頃は本気で甲子園を目指していたのだという。杉田のポジションはキャッチャーで、三年生の時にはキャプテンを任され、兵庫県大会の準決勝まで勝ち進んだらしかった。高校を卒業後は不動産会社で営業の仕事をしていたが、ある頃から作家になりたいと思うようになり、二年前に会社を辞めてこの島に来たと聞いている。

杉田流星は大柄で、ずんぐりとした体つきをしていた。顔はまん丸で、団子っ鼻で、ハンサムとは言い難い容姿だった。だが、明るくお茶目で正義感が強い彼は、剽軽（ひょうきん）な吉岡一馬とともに魚影塾の人気者だった。

「あずさ、畑はどうだった？」

それぞれの漆の椀に味噌汁をつぎ分けているあずさに川端隼人が訊いた。彼は最年少のあずさをいつも気にかけてくれていた。

「楽しかったです」

川端の目を見つめてあずさは答えた。

「畑仕事が楽しいなんて、あずさは本当に変わっているな」

笑いながら川端が言い、あずさもにっこりと微笑んだ。

川端隼人の切れ長の目を見るたびに、あずさはいつもひとりの男を思い出した。やはり切れ長の目をしたその男とは、もう二度と会うことがないはずだった。

## 5

食事の支度が整い、沙希を除く十五人が食卓についた。

今朝の献立はご飯と味噌汁、納豆、卵焼き、焼き魚、夏野菜の炒め物、それに石橋麗子が漬けている糠漬け（ぬか）というものだった。

カトリック教徒の國分は食事を始める前に、いつものように頭を下げ、目を閉じて無言で神に祈りを捧げた。國分のほかに神に祈る者はいなかった。だが、國分が箸を手にするまでは、自分たちも食事を始めないのが塾生の習慣だった。

いつもそうしているように、國分の祈りが終わると同時に、川端隼人が大きな声で「いただきます」と言い、塾生たちはそれに唱和するように「いただきます」と口にしてから箸を手に取った。その直後に、あずさは目の前に並んだ食事をガツガツと食べ始めた。

「あずさくん、誰も取ったりしないんだから、もっとゆっくりと食べたら？」

あずさの右隣で食事をしている小川翠（おがわみどり）がそう言って笑った。

大手の出版社で國分の担当編集者を務めていた小川翠は、自分が執筆をする傍ら、ほかの塾生の原稿を読んでアドバイスを与えていた。やり手の編集者だったという三十八歳の彼女はあずさにも、執筆のノウハウを細かく指導してくれていた。

離婚経験のある小川翠は、物腰は柔らかかったが、大切なことははっきりと口にする女だった。自分の小説を批判された塾生がムッとした顔をすることも少なくなかった。

「でも、あずさくんや流星くんの食べっぷりは、見ていて気持ちがいいよ」

あずさの向かいに座っている上原光三郎が言った。高校球児だった杉田流星は、この島では一番の大食漢だった。

「確かに、杉田くんはガツガツ食べるのがよく似合ってるけど、あずさくんには似合ってない。あずさくんみたいな美少年には、もっと上品に食べてほしいな」

今度は清水由美が言い、彼女のすぐそばで箸を動かしていた杉田流星が「どういうことですか」と不服そうに言った。

この島に来るまでのあずさは、食べるものには関心がなかった。空腹を覚えた記憶もあまりなかったし、食事を楽しみだと思ったこともなかった。

いや、食事だけでなく、あの頃の彼は、何かを楽しみだと思うことがまったくなかった。ときめくようなことも、胸を高鳴らせるようなこともなかった。

けれど、ここでは体を動かす機会が多いので、あずさは頻繁に腹を空かせていて、食事の時間をいつもとても楽しみにしていた。

江戸で暮らしていた人々と同じように、塾生が肉を口にすることはほとんどなかった。だが、今夜は青木潤の送別会が開かれ、久しぶりに肉料理が出ることになっていた。

ほかの多くの塾生と同じように、あずさも数日前から、送別会で出されるという肉料理を楽しみにしていた。この島で暮らすようになってから、あずさが肉を口にしたことは二度ほどしかなかった。

ピザやハンバーガーを食べたいと考えることもある。スパゲティやステーキを食べたいと感じもする。かつてのあずさは、毎日のように、そういうものを口にしていたのだ。

だが、だからといって、投げやりに生きていたかつての自分に戻りたいとは思うことはなかった。

そう。まさに、投げやり。

かつてのあずさは、夢も希望もまったくなく、きょう死んでもいいとさえ考えながら暮らしていたのだ。

## 6

早野あずさは東京郊外の住宅街で育った。父は大手企業に勤務するサラリーマンで、母は専業主婦だった。ひとりっ子で兄弟はいなかった。

清水由美が言ったように、あずさは少女のように美しい顔立ちをしていた少年で、幼い頃にはよく女の子に間違えられたものだった。彼はすらりと背が高く、首と腕と脚がとても長く、ほっそりとした華奢な体つきをしていた。今はよく日焼けしていたが、元々は色白だった。

今も口数の多いほうではなかったが、この島に来るまでのあずさは本当に無口で、必要最低限のことしか口にしなかった。いや、必要に迫られた時にさえ何も言わないことも少なくなかった。

勉強はあまりできるほうではなかった。体育や音楽や美術も得意ではなかった。

そんなあずさだったが、異性にはよくモテた。小学生だった頃も中学校に通っていた頃にも、彼は何人もの少女から告白を受けたし、バレンタインデーにはいつもたくさんのチョコレートをもらった。

だが、あずさがそんな少女たちを好きになったことはなかった。その頃だけではなく、その後も、彼が女を好きになったことは一度もなかった。

女が好きではない？

いや、正確にはそうではない。あずさは男も女も、どちらも好きではなかったのだ。誰かと友達になりたいとか、親しくしたいとかと思ったことが、かつてのあずさには一度もなかったのだ。

とても幼い頃から、あずさは自分が間違って人間の姿に生まれたのではないかと感じていた。本当はヤマネコのように、森の中で、単独で生活する生き物に生まれるはずだったのに……何かの間違いで人間の形をして生まれてしまったのではないか、と。

父はそんなあずさを、いつもとても気にかけてくれていた。けれど、母のほうはそうではなかった。

幼稚園の入園式や卒園式に、父は来てくれたが母は来なかった。小学校の入学式に来てくれたのも父ひとりだった。

お母さんは僕が好きじゃないんだ。

幼い頃から、あずさはそう感じていた。

その母は、あずさが小学生の低学年だった頃に父と離婚し、あずさの親権を放棄して家を出て行った。

母はとても美しい人だった。母の写真を見るたびに、今もあずさは『綺麗(きれい)な人だ』と思う。そして、母の写真を見るたびに、少し嫌な気分になる。

そう感じるのは、あずさが母によく似ていたからだ。

それはあずさの勝手な思い込みではなく、父からも何度かそのようなことを聞かされた。

その父は離婚の一年後に再婚した。再婚する前に、父はあずさにその許可を求めた。

あずさはすぐに「いいよ」と答えた。

いいよ……それは彼の口癖のようなものだった。

そう。「いいよ」と返事をしているほうが「嫌だ」と言うより楽だった。「いいよ」と口にしていれば、誰かと揉(も)めたり、憎まれたり、意地悪をされたりせずに済んだから。

父の新しい妻は『薫(かおる)さん』といった。薫さんは優しくていい人だった。薫さんはあずさに気を遣ってくれて、毎日の夕食のテーブルにあずさの好物ばかりを並べてくれた。

あずさを産んだ人に比べると、薫さんは家庭的で、家族に対して献身的だった。父とも仲がいいようだった。

けれど、あずさは薫さんにも、どうしても馴染めなかった。

それは薫さんのせいではない。あずさはヤマネコなのだから、誰にも慣れることができないのだ。

高校に進学したばかりの四月のある日、あずさは大きめのバッグにわずかばかりの荷物を詰め、両親には何も言わずに家を出た。

それから三年のあいだ、あずさは家には戻らなかった。両親に連絡をすることもしなかった。

## 7

食後は一時まで休憩をし、その後はそれぞれが午後の仕事を始めた。今週の午後のあずさの当番は洗濯だった。

魚影島には洗濯機がないので、いつも大きなタライと洗濯板と、固形石鹸とを使って手洗いをしていた。あずさは冬の暮らしを知らなかったが、冬の洗濯当番はとても辛い作業だと聞いていた。

今週の洗濯当番は、あずさと杉田流星と清水由美、それに水原綾乃の四人だった。

杉田流星は洗濯当番が好きだということで、鼻歌を口ずさみながら大量の洗濯物を次々と洗っていった。野球部の主将だった杉田は、明るくて正義感が強いだけでなく、気遣いのできる男だった。

「あずさくん、ここでの暮らしには慣れた？」

清水由美が洗濯板の上で衣類を擦りながら訊いた。地方新聞の記者だったという三十歳の彼女は、塾生のリーダー的な存在である川端隼人の恋人でもあった。清水由美は勝ち気な顔立ちをしていて、実際にも勝ち気だったけれど、吊り上がった目が涼しげで、顔立ちは整っていた。高校まで柔道部に所属していたということで、とても筋肉質な体つきをしていた。

「はい。慣れました」

あずさも力を入れて手を動かし続けながら答えた。井戸の水は冷たくて心地よかったが、力を入れ続けているので汗まみれだった。

「この島はどう？」

「快適です」

「本当にそう思っているの？　前にも十代の男の子が来たことがあったけど、その子は一週間と持たなかったよ」

手を止めた清水由美が、意外そうな顔をしてあずさを見つめた。彼女は思ったことをズケズケと口にする女で、塾長の娘の沙希とは犬猿の仲だった。

「わたしも戻りたくないかな」

あずさのすぐ傍で手を動かしていた水原綾乃が口を挟んだ。

「綾乃さんも？」

清水由美がまた不思議そうな顔をして尋ねた。

「うん。わたしはここがいい。ここの暮らしが好き」

水原綾乃が笑わずにそう答えた。

三十四歳の水原綾乃は、神経質そうな顔をした美しい女だった。彼女は十年前、二十四歳だった時に大手の出版社の文学賞を受賞し、エンタテインメントの作家としてデビューしていた。

出版社は水原綾乃の若さと美貌を前面に押し出して作品を売り出し、彼女の処女作はベストセラーになった。その頃の彼女は、新聞や雑誌のインタヴューを頻繁に受けていたようだった。

あずさもこの島に来てから水原綾乃の処女作を読んだが、その物語はスピーディで、スリリングで、本当に素晴らしかった。

だが、意気込んで書いた二冊目の本の評判が芳しくなく、その直後から彼女は何も書くことができなくなってしまった。

いや、書くには書いた。だが、いくら書いても、その原稿を読んだ編集者からいい返事がもらえなかったのだ。

書いたものがボツにされるたびに、彼女は人格を否定されたかのような気持ちになり、やがて鬱のような状態に陥った。

その頃の彼女は毎日、死ぬことばかり考えていたのだという。綾乃の両親は早くに離婚していて、彼女は母親に育てられたのだが、その母親とも仲が悪く、親戚付き合いもまったくなく、家族のような人はいないのだと言っていた。恋人がいたこともあったようだが、どの男とも長く続けることができなかったのだという。

やがて彼女から本を書く気力が消えた。

小説を書くのをやめた水原綾乃は、スーパーマーケットやコンビニエンスストアの販売員をして、それからの日々をすごした。彼女はもともとが無口だったが、その頃は必要最低限のことしか口にしなかったのだという。

綾乃はあずさより十六歳も年上だったけれど、川端隼人からその話を聞いた時には、彼女に共感のようなものを覚えた。あずさと同じように、綾乃もヤマネコとして生まれてくるべき人だったのではないかと思ったのだ。

だが、スーパーマーケットやコンビニエンスストアで働き続けるうちに、綾乃の中に『書きたい』という気持ちが甦（よみがえ）った。その気持ちが抑えきれなくなり、彼女は再びデビューすることを目指して三年前に魚影島にやって来た。

綾乃の書く小説は物語性に富んでいて、最後には思いもよらないような大どんでん返しが用意されていた。彼女が投稿する作品はいつも、文学賞の一次選考だけでなく二次選考も通過している。少し前に大手の出版社に投稿した作品は、最終選考の五作品に残っていて、彼女が再び賞を獲得するのは時間の問題ではないかと思われていた。

綾乃は小説のことばかり考えているようで、その美しい顔にいつも思い詰めたような表情を浮かべていた。ほかの塾生は書き上がった作品を、塾長の國分や小川翠に見てもらってから投稿していたが、綾乃だけは自分の作品を誰にも見せなかった。

# 8

午後の当番は、たいていは三時頃には終了する。夕食の当番になった者を別にすれば、その後の塾生たちは何をしてもいいことになっていた。

ほとんどの塾生はその時間を執筆に費やしていた。島にいる目的は作家になることなのだから、そうするのは当然のことだった。

洗濯を終えたあずさは自室から鉛筆と原稿用紙と一冊の文庫本を抱えて集会室へと向かった。

執筆は自室でする者が多かった。だが、この時期の自室は暑いので、風通しのいい屋外の木陰のテーブルで書く者もいた。國分誠吾と小川翠はいつも集会室で執筆をしているので、あずさは彼らのそばで書くことが多かった。

今、その集会室にいるのは、あずさと國分、小川翠、清水由美、それに一条千春の五人だった。この五人はたいてい集会室で執筆をした。ほかの塾生が加わることもあったが、水原綾乃だけは自室以外の場所で書くことは決してしなかった。

集会室の窓は今、そのすべてが開け放たれていた。その窓から入って来る海風が通り抜けて行くので室内は涼しくて快適だった。

塾生はみんな、Tシャツに短パンというラフな恰好をしていた。だが、『江戸の人たちの気持ちに、少しでも近づくために』と言って、この季節の國分は執筆をする時には浴衣姿になった。あずさは見ていないが、冬の國分は和服の上にちゃんちゃんこや、どてらを着込んで書いているらしかった。

多くの塾生が、鉛筆や万年筆を使っていた。だが、久保寺和男と吉岡一馬のふたりは、外部とは通じないノート型パソコンで執筆をしていた。

國分はデビューしてからずっと、原稿用紙に手書きをしているようだった。彼は漆の蒔絵が施された美しい国産の万年筆を何本も所有していた。原稿用紙も自分だけのために印刷された特別なものを使っていた。

師匠と同じように、塾生のほとんどが江戸時代を舞台にした小説を書いていた。あずさは國分や小川翠と相談をした末に、医者の息子である少年の物語を執筆していた。

江戸時代の医師には国家資格のようなものはなかったから、自分で医者だと宣言すれば、どんな人も医者になることができた。そんなわけで、江戸の町には医学の知識などほとんどない医者も少なくなかったという。けれど、あずさの処女作の主人公の父は勉強熱心な男で、当時としては最先端の医学を学んでいて、貧しい人々のために尽くしたいと考えているような人だった。

その小説を書くのは楽しかった。だが、きょうのあずさは小説の執筆を中断し、國分の書いた小説を書き写していた。

國分によれば、お気に入りの作家の小説を一文字一文字書き写すということは、文章力を養う効果があるらしかった。國分も作家になる前はそうやって、小説を書く勉強をしたのだという。

それで、あずさは一番気に入っている作品を書き写していた。それは何年か前に國分が刊行した『みづうみの彼方にゆかん』という小説だった。

そのタイトルは新約聖書のルカ伝福音書からの引用のようだったが、作品中にキリスト教徒は登場せず、貧しい鍛冶屋の夫婦を主人公とした物語だった。

『みづうみの彼方にゆかん』は、國分の本の中ではあまり売れない小説だったらしい。けれど、あずさはその作品を気に入っていて、すでに何回も読み返していた。

9

『みづうみの彼方にゆかん』を二時間ほど書き写し続けてから、あずさは小川翠に「休憩してきます」と言って集会室のあるプレハブを出た。

時刻は午後五時をまわっていた。相変わらず蒸し暑かったが、強烈だった日差しは、今はいくらか優しくなり始めていた。

休憩の時にはたいていそうしているように、あずさは林の中に作られた小道を歩いて、この島の一番高い『丘の上』と呼ばれている場所へと向かった。

海面から三十メートルほどの高さにあるその場所に通じる小道は、かなり急な坂道になっていた。そんなこともあって、膝が痛いという上原光三郎はあまり行きたがらなかったが、塾生の多くは見晴らしのいいその場所が気に入っていた。

辺りには蝉たちの声が響いていた。坂道を登るに従って、断崖に打ち寄せる波の音が大きくなっていった。

意外なことに、丘の上には水原綾乃がいた。そこにある大きな石に腰掛けて、パノラマのように広がる海や空を見つめていた。

「あずさくんも休憩？」

あずさにちらりと視線を向けた綾乃が言った。彼女は濃紺のＴシャツに、色褪せたデニムのショートパンツという恰好をしていた。

「はい。そうです」

あずさは答えたが、綾乃は尖(とが)った顎を引くようにして頷いただけで、それ以上の言葉を口にすることはなかった。

吹き抜ける風が綾乃の長い髪を靡かせていた。國分沙希以外には誰もドライヤーを持っていないので、女の塾生の多くが髪をショートカットにしていた。たが、國分沙希と同じように、綾乃も癖のない黒髪を長く伸ばしていた。

そこにいたのがほかの塾生ではなく綾乃だったことに、あずさは密かに安堵(あんど)した。無口な彼女となら、何も話さなくて済むからだ。

綾乃から少し離れた場所に立って、あずさもまた、傾き始めた太陽に照らされた海と、その上に広がった空とを見つめた。この場所からだと仔羊島がよく見えた。仔羊島の向こうにあるいくつもの小島もよく見えた。

その小さな島々のあいだを今、フェリーと思われる船が航行していた。漁船らしい小舟も見えた。絶え間なく吹きつける風が、火照った体を心地よく冷やしていった。

あずさはふと、自分がこの島にやって来るまでのことを思い出した。ここでぼんやりとしていると、過去のことを頻繁に思い出すのだ。

あずさが國分誠吾と魚影塾の存在を知ったのは、切れ長の目をしたあの男が、あずさが暮らしていた渋谷のマンションの部屋に置き忘れていった文庫本がきっかけだった。

## 10

それまでのあずさは国語の教科書に載っている小説のほかには、小説というものを読んだことがなかった。けれど、渋谷のマンションに暮らしていた頃のあずさにはすることがほとんどなかったということもあって、あの男が忘れていった『みづうみの彼方にゆかん』を何気なく手に取った。

読み通すことはできないだろうと思っていた。その文庫本はとても分厚かったからだ。だが、読み始めてすぐに、その物語に魅了され、わずか一日で読み終えてしまった。最後のページを読み終えた時、あずさは感動に胸を高鳴らせていた。何かに感動するのは初めてだった。

その翌日、あずさは近くにあった書店へと向かった。國分誠吾の本は探す必要などなかった。店内の目立つところに何冊も並んでいたからだ。

あの日、あずさは國分の本を何冊か購入し、それらを貪(むさぼ)るかのようにして読んだ。それらの本の何冊かに、國分が主宰している魚影塾のことと、その塾が塾生を募集しているという知らせが載っていた。だが、その時には応募しようとは思わなかった。自分に小説が書けるとは考えられなかったからだ。

その後も、あずさは國分の小説を次々と読みまくった。

「あずさ、お前がそんなに本好きとは知らなかったよ」

暇さえあれば小説を読んでいるあずさに、切れ長の目をしたあの男が言ったことがあった。あの男も國分の愛読者のひとりだった。

國分の小説を読み続けるうちに、あずさは著者である男を、少しずつ身近に感じるようになっていった。國分が書くのは名もない庶民たちだった。彼はその無名の人々の人生を真摯(しんし)に見つめ、そのひとりひとりに寄り添い、慈しみ、そのひとりひとりに愛情を抱いていることが文章からはっきりと感じられた。

この人に会ってみたい。

やがて、あずさはそう考えるようになった。

ガスも電話も水道もない島での暮らし……テレビも電話もパソコンもスマートフォンもない暮らし……それまでの自分を知っている人が誰もいない場所での暮らし……そんな暮らしが、あずさにはとても魅力的に感じられた。

# 11

水原綾乃のすぐそばで海と空とを眺めながら、あずさは過去に想いを馳せ続けた。

『みづうみの彼方にゆかん』を読んでから一ヶ月ほどがすぎたある日、あずさは思い切って出版社に電話を入れ、電話に出た國分の編集担当者だという女性に、『魚影塾』の一員になりたいと伝えた。

すぐにその編集者が面接に来るようにと言い、あずさは長い髪をポニーテールに結び、除光液でマニキュアをしっかりと落とし、伸ばしていた爪を切り、男物の衣類を身につけて出版社へと向かった。

そう。切れ長の目をしたあの男に借りてもらっていたマンションで暮らしていた頃のあずさは、つややかな黒髪を長く伸ばし、手足の爪を鮮やかなエナメルで彩って暮らしていたのだ。あの男から『これから行く』という連絡が入った時には、鏡の前で化粧を施し、女物の衣類を身につけて男を待ったものだった。

出版社の応接室で、あずさは國分の担当編集者と会った。

あの日、女性編集者はあずさに、魚影島での暮らしがどれほど不便なものなのかということを詳しく説明した上で、中途半端な気持ちでは島での暮らしは務まらないだろうと言った。

「それでも君が入塾したいと言うなら、その気持ちを國分先生に伝えてあげる」

編集者は家に帰って考えてみるようにあずさに言った。けれど、あずさはその場で、どうしても魚影塾の一員になりたいのだと訴えた。


出版社で國分の担当編集者と会ってから一ヶ月ほどがすぎた頃、その女性編集者から魚影塾への入塾が認められたという連絡があった。

あずさはその日のうちに、切れ長の目をした男には何も告げず、三年間暮らした渋谷のマンションを出て、三年振りに自宅に戻った。そして、ひどく驚いている父と薫さんに、黙って家を出たことと、三年ものあいだ連絡をしなかったことを詫びた。

殴られてもしかたがないと、あずさは考えていた。けれど、父がしたのは帰宅した息子の体を両手で抱き締めて涙を流すことだけだった。

その父にあずさは魚影塾のことを話し、その島で塾生として暮らしたいと言った。

「お前が自分で決めたことなら応援するよ」

あの日、父は潤んだ目であずさを見つめてそう言ってくれた。

その父はひとり息子を心配し、今も月にほぼ一度の割合で仔羊島にやって来た。その時にはあずさが仔羊島に渡って父と会っていた。

あずさの父は塾生たちにいろいろな土産を持って来てくれるので、塾生たちの多くが父の来るのを楽しみにしていた。

## 12

集会室に戻ったあずさが『みづうみの彼方にゆかん』を再び書き写していると、塾長の娘の國分沙希が姿を現した。

今年の四月にあずさがここに来た時、島にいるのは塾長と塾生だけだった。けれど、ゴールデンウィークが終わった頃に、離婚した沙希がやって来て暮らし始めた。

娘が島に戻って来る前に、塾長の國分は塾生たちにその許可を求めた。その時、國分はさらにこう言った。

『これは俺の個人的なことだから、君たちにはできるだけ迷惑がかからないようにするつもりだ。だから、君たちは今まで通りに暮らしてくれればいい。沙希が来たことで何か問題が起きた時には、俺が責任を持って対処する』

だが、実際に沙希がやって来ると、すべてが今まで通りというわけにはいかなくなった。この島での沙希は自分のやりたいように、勝手気ままに振る舞い、父である國分の言うことを少しも聞かなかった。國分には妻の死についての負い目があるようで、娘に強いことが何も言えなかった。

國分は娘に請われるがまま、彼女のために平屋のプレハブを林の中に建て、大型の蓄電機を買い与え、日当たりのいい場所に彼女専用のソーラーパネルを取りつけた。

國分の行いを露骨に非難する塾生はいなかった。だが、多くの者たちが國分を『親馬鹿』だと思っているようだった。

集会室に入って来た國分沙希は、気の強そうな美しい顔に濃い化粧を施し、黒いタンクトップに白いショートパンツを身につけ、踵（かかと）の高い白いストラップサンダルを履いていた。タンクトップとショートパンツのあいだからくびれたウエストと、臍（へそ）に嵌（は）められたハート型の金のピアスが覗いていた。

真っすぐな黒髪が窓からの風に靡いていた。どこに行くというわけでもないのに、沙希はいつもたくさんのアクセサリーを身につけていた。

地味な恰好をした女たちしかいないこの島では、そんな沙希の姿はとてもよく目立った。

清水由美が敵愾心(てきがいしん)に満ちた視線を沙希に向けた。由美は塾長のひとり娘を毛嫌いしていて、些細なことで頻繁に衝突していた。

沙希は集会室の中をぐるりと見まわしてから、あずさの傍に歩み寄ってきた。由美がこちらを見ていないことを確認してから、沙希はあずさに丸めた紙を手渡した。そして、すぐにあずさから離れ、炊事場で水を飲んだだけで何も言わずに集会室を出ていった。

沙希の姿が見えなくなってから、あずさは手渡された紙をそっと広げた。

『あとで来て』

丸められたその紙にはそう書かれていた。

國分の娘の沙希は、あずさより十一歳年上の二十九歳だった。彼女は幼い頃から父の國分に溺愛されたのだと聞いている。五歳の男の子の母親でもあるが、離婚した時にその親権は放棄したらしい。

國分沙希は五島市内の高校を卒業後に福岡に行き、百貨店で働いていた。二十二歳の時に二歳年上の菓子職人と結婚し、専業主婦として福岡市内で暮らしていたのだという。

離婚した時には再就職することも考えた。けれど、ぼんやりとしているうちに貯金が底を突き、しかたなく父を頼って魚影島に戻ってきたようだった。

沙希は少し吊り上がった目をした美しい女で、首と手足がとても長く、ファッションモデルのようにスタイルがよかった。国内外のナイフの収集が趣味だということで、彼女の部屋の陳列棚にはたくさんの美しいナイフが飾られていた。

今からちょうど二十年前、九歳の時に、沙希は両親と一緒に東京からこの島に移住して来た。沙希は来たくなかったが、たった九歳の子供に選択肢があるはずはなかった。

中学校を卒業するまで、沙希は三人しか住んでいないこの島で暮らしていた。当時の沙希は父が操縦するモーターボートで仔羊島に行き、そこからフェリーに乗って五島市内にある小学校や中学校に通っていた。帰りも父が仔羊島に迎えに来た。

けれど、ガスも電気も水道もないこの島の暮らしに、沙希はどうしても我慢ができず、高校に進学したのを機に魚影島を離れ、五島市内のアパートでひとり暮らしを始めたのだという。離婚してしかたなく父を頼って戻っては来たが、やはり沙希はこの島での暮らしには馴染めないようだった。

ここでの沙希の生活は、ほかの塾生とはまったく違っていた。塾生ではないという理由で、沙希だけは当番制の仕事を免除されていた。食事も沙希だけは集会室ではなく、自分のプレハブの部屋でとった。

魚影島では使うことができなかったが、この島では沙希だけがスマートフォンを持っていた。そのほかにも、沙希は扇風機とドライヤーと小型の電子レンジを持っていた。沙希のプレハブには小型の電気洗濯機もあって、それを使って自分の衣類を洗っていた。さらには、沙希の部屋には小さなキッチンもあり、そこに置かれたボンベを使うタイプのガスコンロで自分の食事を調理していた。

沙希は今、冷蔵庫とエアコンを欲しがっていた。けれど、ソーラーパネルで発電できる電気は限られていて、それらを使うのは難しそうだった。

塾生が買い出しのために仔羊島に渡る時には、沙希は必ずついて行き、衣類や化粧品、酒類や煙草、それに自分だけのための食料を買っていた。

今は夏なので、沙希は毎日のように海岸に行き、派手なビキニになって日光浴を楽しんでいた。一週間ほど前、魚を釣る当番になってボートで海に出た時にも、トライアングル型の黒いビキニを身につけ、海岸の岩の上に仰向けに身を横たえている沙希の姿をあずさは目にしていた。

たっぷりとオイルを塗り込めた小麦色の肌が、強い太陽に照らされてつややかに光っていた。十一月には三十歳の誕生日を迎えるというのに、少女のようにほっそりとしたその体には贅肉というものがまったく見受けられなかった。

「問題児ではあるけど、すごく色っぽいな」

あずさと一緒にボートに乗っていた吉岡一馬が言った。

「そうですね」

オールを動かしながらあずさがそう答えると、吉岡が少し意外そうな顔をした。

「あずさもそう思うのか？　何だか、意外だな。あずさは女になんか、まったく関心がないのかと思ってたよ」

吉岡が言い、あずさは無言で微笑んだ。

吉岡が意外がるのも無理はなかった。沙希の肉体に自分が反応するということが……もっとはっきり言えば、自分にも性欲というものがあるということが、あずさ自身にも意外だったのだから。

13

「きょうはここまでにします」

國分誠吾と小川翠にそう断ってから、あずさは集会室を出た。

東の空に月が登り始めているのが見えた。島の西側にまわれば、海に沈む夕日を見ることができるはずだった。

集会室を出たあずさは、少し離れた林の中にある沙希のプレハブへと向かった。この島ではその建物だけが平屋だった。

相変わらず、やかましいほどの蟬の声が響き続けていた。けれど、さっき丘の上に行った時に比べると、気温はいくらか低くなっているようだった。辺りはまだ明るかったけれど、林の中はかなり薄暗かった。

「あずさです」

沙希のプレハブのドアをノックしてあずさは言った。

ほかのプレハブのドアと同じように、そのドアにも鍵がなかった。この島は治安がよかったから、鍵のついているドアはひとつもないのだ。

ノックの直後に、ドアの向こうから「入って」という声が聞こえ、あずさは静かにノブをまわした。

ドアを開けると、すぐに沙希の姿が目に入った。沙希はさっきと同じ恰好で、長い脚を組んでソファに腰掛け、グラスに注ぎ入れた褐色の液体を飲んでいた。ソファの前に置かれたローテーブルにはガラスの灰皿があって、そこで煙草が煙を立ち上らせていた。

そのプレハブにあるのはその三十平方メートルほどのその部屋だけで、そこにベッドとソファとテーブルが置かれていた。床には幾何学模様の描かれた大きな絨毯が二枚並べて敷かれていた。

その絨毯の上では背の高い扇風機がまわり、沙希の長い黒髪をなびかせていた。部屋の片隅には白い笠を被った背の高いシェードランプがあったけれど、白いレースのカーテンが閉められているということもあって室内は薄暗かった。部屋の片隅にはガラス製の大きな陳列棚が置かれ、国内外のナイフがいくつも並べられていた。

沙希はグラスをローテーブルに置いて立ち上がると、閉めたばかりのドアの前に佇んでいるあずさに歩み寄った。さっきまで、沙希はとても踵の高いサンダルを履いていたが、今は裸足で、その指は鮮やかなペディキュアに彩られていた。

「遅いよ。待ちくたびれちゃった」

怒ったような顔をして沙希が言った。

「すみません」

小さな声であずさは詫びた。

沙希は返事をする代わりに、剝き出しの細い腕を伸ばしてあずさの体を抱き締め、その唇に自分のそれを静かに重ね合わせた。

長く執拗なキスをようやく終えると、沙希は無言のままあずさの足元に蹲り、あずさが穿いている短パンとボクサーショーツを足元まで引き下ろした。

そのことによって、いきり立った男性器が沙希の目の前に姿を現した。

沙希は派手なマニキュアの光る細い指で、石のように硬直している男性器をそっと摑んだ。そして、濃い化粧が施された美しい顔を性毛のまったく生えていないあずさの股間に寄せ、ルージュに彩られた柔らかな唇を男性器に被せていった。

男性器が完全に口の中に収まると、沙希がゆっくりと前後に顔を動かし始めた。すぼめられた沙希の唇を擦りながら、唾液にまみれて光る太い性器が出たり、入ったりを繰り返しているのがはっきりと見えた。沙希の耳元で大きなピアスが、時計の振り子のように揺れていた。

沙希に初めてオーラルセックスをされた時、あずさは少し戸惑った。自分がそれをしたことは何度となくあったが、されたのは初めてだったからだ。

そう。足元に蹲っている沙希の姿は、まさにかつてのあずさだった。

沙希はマスカラの施された目を閉じ、細く描かれた眉のあいだに深い縦皺を寄せ、頬を凹ませ、悩ましげに顔を歪めていた。閉じられた瞼にはダークブルーのアイシャドウが塗り重ねられていた。

沙希とあずさがこういう関係になってから、すでに二ヶ月が経過していた。最初の頃、あずさは塾長に対して強い罪悪感を覚えていた。いや、今も罪悪感はある。確かにある。けれど、若いあずさには、この甘い誘惑を拒むことがどうしてもできなかった。

沙希が顔を前後させるたびに、快楽の波が次々と打ち寄せてきた。それはまるで、台風の時に堤防に打ち寄せる巨大な波のようだった。

快楽の波は一回ごとに大きくなり、大きくなり、大きくなり、そして……そして、ついに堤防を乗り越えた。

その直後に、あずさの意志とは無関係に男性器が痙攣を始め、体液がどくどくと放出された。あずさは体を震わせ、目眩くような快楽に身を任せた。

痙攣が治まるのを待って、あずさは沙希の口から男性器を引き抜いた。沙希の唇と男性器のあいだで、粘着質な液体が長く糸を引いた。

精液を含んだまま、沙希があずさを見上げた。ふっくらとした唇に塗り重ねられたルージュがひどく滲んでいた。

口を閉じたまま、沙希があずさに微笑みかけた。そして、かつてはあずさもしていたように、口の中に放出されたおびただしい量の液体を何度かに分けて嚥下した。

# 14

女性を相手に性行為をするのは沙希が初めてだったから、最初の頃はやり方がよくわからなかった。けれど、今ではもう、そんなことはなかった。

いつものようにその夜も、あずさは沙希の体に身を重ねたり、自分の上に沙希を跨らせたり、四つん這いの姿勢を取らせたりして激しく交わった。

沙希の部屋にはこの島で唯一の扇風機があった。それにもかかわらず、ふたりの皮膚は噴き出した汗にまみれ、てらてらと光っていた。

沙希の口からは淫らな喘ぎ声が絶え間なく漏れ続けた。けれど、この建物はほかのプレハブとは少し離れていたし、すべての窓が閉められていたから、その声を誰かに聞かれてしまう心配はほとんどなかった。

長い行為が終わるとすぐに、沙希はすぐに煙草に火を点けた。

塾生たちは誰も煙草も吸わなかった。けれど、沙希だけはメンソールの細い煙草を絶えずふかしていた。

「あずさ、あんたは本当に綺麗ね。あんたを相手にしていると、女の子と抱きあっているみたいで、何だか妙な気分になる」

　ベッドの背もたれに全裸で寄りかかって煙草を吸っている沙希が、仰向けに横たわっている全裸のあずさを見つめて言った。白い布製のシェードを通した柔らかな光が、整った沙希の顔を優しく照らしていた。

　いかつい顔をした父親に、沙希はまったく似ていなかった。だからきっと、あずさと同じように、彼女の美しさは母親から受けついだものなのだろう。

　毎日のように海岸で日光浴をしている沙希の小麦色の肌には、小さなビキニの跡がくっきりと残っていた。それは裸の今も、ビキニを身につけているかのようだった。

「ねえ、あずさ。わたしのことを小説に書いてよ。波瀾万丈の人生なんだから、きっと売れるよ」

　煙草を灰皿で押し潰した沙希が言った。沙希は透き通った声の持ち主だった。

「沙希さんの人生は波瀾万丈なんですか？　だったら僕と同じかもしれない」

　上半身を起こし、沙希と並んで背もたれに寄りかかってあずさは言った。

　沙希は少女のような体つきをしていたが、あずさもとても華奢で痩せていたから、そんなふうに並ぶと、ふたりの少女が並んでいるかのようにも見えた。あずさと同じように、沙希にも体毛がほとんど生えていなかった。

「まだ十八歳なのに、波瀾万丈の人生だったの？」

沙希が笑った。ヘビースモーカーだったけれど、唇のあいだから覗く歯は真っ白だった。

「ええ。たぶん……」

あずさは曖昧な返事をした。

「ねえ、あずさ。前から訊きたかったんだけど、体に毛が生えていないのは、そういう体質だからじゃなくて、全身脱毛をしたからなんでしょう？」

沙希はそう言うと、あずさの体をじっと見つめた。

あずさは返事をしなかった。沙希もそれ以上は訊かなかった。

## 15

その晩、集会室で青木潤の送別会が催された。彼はつい先日、これが最後と決めていた文学賞に落選し、夢を捨てて魚影島から去るのだ。青木には気難しい一面もあったが、文学に対する態度はとても一途だった。優しくて思いやりもあるので、塾生たちの多くが、彼がいなくなることを寂しがっていた。

その夜は食卓に珍しく鶏肉や豚肉を使った料理が並んだ。特別に酒も振る舞われた。未成年のあずさを除く全員が喜んでその酒を飲んだ。いつもは塾生たちと一緒に食事をしない沙希も、今夜はその場で酒を飲みながら肉料理を口にしていた。

「塾長、いろいろとご指導いただいたのに、作家になることができずに申し訳ありませんでした」

國分の隣に座っている青木潤がしみじみとした口調で言った。

「謝るな。俺のほうこそ、力が足りなくて悪かった」

いかつい顔を顰めるようにして國分が言った。

「いいえ。塾長からはいろいろと学ばせてもらいました。すべては俺の責任です。俺の力不足です」

青木潤が力ない笑みを浮かべた。

「いや、お前のせいじゃない。お前にはただ、運がなかったというだけのことだ」

「運がなかったんじゃなく、才能がなかったんですよ」

自嘲するかのように青木潤が笑った。

「いや、そうじゃない。作家になれるか、なれないかは運なんだよ。どれほど才能があっても、よほどの運がなければ作家になんかなれない。逆に、俺みたいに才能なんてなくても、運さえあれば作家としてやっていけるんだ。お前は運に恵まれなかった。それだけのことだ」

あの澄んだ目で青木を見つめ、少し強い口調で國分が言った。

「塾長にそう言ってもらえて、少しほっとしました。ここでの経験は俺の宝物です」

青木潤がまた弱々しい笑みを浮かべた。

青木は川端隼人の次に長く魚影島にいるということだった。彼が書いた小説は、かつては大手の出版社の最終選考に残ったこともあったらしい。だが、最近は一次選考も通過しないことが多かった。今度の作品がダメなら諦めると以前から決めていたようで、数日前、落選がわかった夜に國分に島を出て行くと告げたらしかった。

「青木さんがいなくなると、本当に寂しいです」

青木のグラスに酒を注ぎ入れながら、隣に座っている川端隼人が言った。

「俺もみんなと離れるのは辛いよ。隼人は諦めずに頑張れよな」

青木が言った。一番長くこの島にいるふたりは、とても仲が良かった。

「はい。これからも必死で頑張ります」

「みんなも頑張ってください。陰ながら応援しています」

塾生たちを見まわして青木が言い、ほとんどの塾生が神妙な顔をして頷いた。

清水由美と國分沙希が喧嘩を始めたのは、送別会が始まって一時間ほどがすぎた頃だった。塾生でもない沙希がこの場にいるのはおかしいと、清水由美が言いがかりをつけたのがきっかけのようだった。

華奢で非力な沙希が、高校まで柔道をしていた由美にかなうはずはなかった。それにもかかわらず、いつも最初に手を出すのは沙希のほうだった。

今夜も唾を飛ばしての口論の末に、沙希が由美の頬を平手で張った。だが、その直後に、今度は由美が沙希の頬を右の平手で、顔が真横を向くほどしたたかに張り返した。その衝撃で大きなピアスが床に落ちた。

「このドブスっ、殺してやるっ！」

目を吊り上げて叫んだ沙希が由美に摑みかかり、すぐにふたりは取っ組み合いの喧嘩を始めた。

いつものように、由美はたちまちにして沙希を床に押し倒し、ほっそりとしたその腹部に難なく馬乗りになった。そして、膝で挟み込むことによって沙希の両腕の自由を完全に奪い取り、ファンデーションを塗り込めた沙希の左右の頬に何発かの平手打ちを浴びせた。

押さえ込まれた沙希にできたのは、引き締まった長い脚をばたつかせることと、「やめろっ、このドブスっ！」「やめろっ！」と叫び続けることだけだった。

すぐに数人が仲裁に入り、ふたりを力ずくで引き離した。

「殺してやるっ！　いつか必ず殺してやるっ！」

杉田流星に羽交い締めにされながら、沙希はなおも大声で由美を罵り続けていた。沙希の頬は真っ赤になり、早くも腫れ始めていた。

## 16

青木の送別会が終わると、塾長の國分と沙希と水原綾乃の三人を除く十三人は海岸へと繰り出した。綾乃はひとりでいるのが好きなのだ。

海岸には木製の桟橋があり、そこに手漕ぎのボートが繋留されていた。あしたは仔羊島に買い出しに行く予定だったが、その時に青木もそのボートに乗っていくことになっていた。子羊島には一日に二便のフェリーが来るから、青木はそれに乗って五島市へと向かうのだ。

その仔羊島の光が遠くに見えたが、仔羊島のそばにあるいくつかの島は真っ暗だった。それらの島には人が住んでいないのだ。

絶え間なく打ち寄せる波の音がした。虫が鳴く声もあちらこちらから聞こえた。空には雲がほとんどなく、彼らの頭上では信じられないほどたくさんの星が瞬いていた。

塾生たちが海辺の砂の上を歩くと、その足跡が数秒のあいだ光った。海に手を入れて動かすと、その周りの水もキラキラと光った。ここには発光する虫がいるのだ。

「波が静かだし、風も穏やかだけど、しばらくお天気の日が続くのかしら？」

海を見つめている石橋麗子が小声で言った。同い年だということもあって、彼女と青木は仲がよかった。

「今朝の予報では、台風が近づいているようだったけど」

小川翠が答えた。塾生たちはほとんどラジオを聞かなかったが、國分の補佐役の小川翠だけは、雑音の多いラジオで定期的に天候の確認をしていた。

「台風が来るんですか？」

今度は星優佳里が口を開いた。

「うん。こっちに来るかどうかはまだわからないんだけど、かなり大きな台風みたい。あとで新しい情報を確かめてみるね」

小川翠が言った。女子の中では石橋麗子に次いで年長の彼女は、塾生たちのまとめ役だった。

あずさは静かに立ち上がると、手作りの桟橋に上がり、そこに繋留されている小さなボートを見下ろした。あしたは父が仔羊島にやって来るので、あずさもそのボートに乗って仔羊島に渡ることになっていた。

由美にひどくぶたれた沙希のことが気になった。けれど、彼女の様子を見に行くつもりはなかった。沙希とのことは、ふたりだけの秘密だった。

「台風が来るなら、あしたは食料を多めに仕入れてきたほうがいいな」

いつの間にか、すぐ後ろに来ていた吉岡一馬があずさに言った。あしたは彼と杉田流星、それにあずさの三人が買い出しの当番になっていて、青木潤と一緒に仔羊島に渡る予定だった。いつものように、そのボートには沙希も乗り込むはずだった。

「台風が来るとどうなるんですか？」

あずさは吉岡に尋ねた。彼は気を遣う男で、いつもその場を明るくしようと努めていた。

「波が穏やかになるまで、仔羊島には行けなくなるんだ。つまり、孤立状態だよ。二年前にはでっかい台風が来たことがあってさ、窓ガラスが割れたり、畑の作物がメチャクチャになったり、鶏小屋が吹っ飛ばされたりして、本当に大変だったんだ」

歯切れのいい口調で吉岡一馬が言い、あずさは無言で頷いた。

あずさがこの島で暮らすようになってから、台風が襲来したことはなかったから、ここで台風を経験してみたいという気持ちもあった。

## 17

夜は自由時間だった。朝はいつも六時に起きなければならなかったが、早寝をする塾生はほとんどなく、多くの者たちが夜の時間を読書や小説の執筆に当てていた。

ベニヤ板で囲まれた狭い自室に戻ったあずさは、机の上の読書灯の下で文庫本を広げた。川端隼人から『文章の勉強になる』と勧められた作家の本だった。

その本の作者はサスペンスホラーを得意としていたが、執拗な性描写をすることでも知られていた。塾生たちの書く作品にはほとんど性描写はなかったけれど、その作家の文章は端正で美しいと言われていたから、彼の本を愛読している塾生は少なくなかった。

あずさが読み始めてすぐに、ひどく生々しい性描写が始まった。

それを読んだせいかどうかは定かではないが、あずさは切れ長の目をした男のことを思い出してしまった。

その男は岸田(きしだ)といった。

歳を尋ねたことはなかったけれど、四十代の半ばぐらいに見えた。会社を経営していると聞いたことがあったが、あずさはそれがどんな会社なのかを訊かなかった。家族のことを尋ねたこともなかった。

両親には何も言わずに家を出た日、十五歳のあずさは私鉄に乗って渋谷へと向かった。渋谷は自宅の最寄り駅から二十五分ほどのところにあった。

渋谷で電車を降りたあずさは、繁華街の雑踏の中を当てもなくさまよった。家を出てはみたものの、どうしようという考えは何もなかったのだ。

四月の半ばだったけれど、曇っていて風の冷たい日だった。あずさは擦り切れたジーンズに、黒い厚手のセーターという恰好をしていた。

岸田が声をかけてきたのは、繁華街をさまよい始めて三時間ほどがすぎた午後八時頃のことだった。

あの日の岸田は洒落たグレイのスーツ姿で、磨き上げられた黒い革靴を履き、手にはブランド物のアタッシェケースを提げていた。背の高さはあずさとほとんど同じだったが、とても筋肉質な体つきをしていることが、スーツを着ていてもわかった。

岸田は髪を短く刈り上げ、鼻の下と顎先に髭を生やしていた。切れ長の目は涼しげで、とても精悍な顔立ちだった。

「少し話をしないか？」

岸田はそう言ってあずさに笑いかけた。唇のあいだから覗く歯は、透き通るほどに白かった。彼からは仄かに、柑橘系のオーデコロンの香りがした。

あずさは誘われるがまま、岸田と一緒にカフェに行き、そこでしばらく話をした。そして、男に尋ねられるがまま、親に黙って家を出てきたことや、行く当てがないということを話した。

すると、彼が自分について来ないかと言った。

断る理由も見つからず、あずさは無言で頷いた。

カフェを出た岸田がタクシーで向かったのは、都心にある一流ホテルだった。そのホテルの日本料理店の洒落た個室で、あずさは男と向き合って食事をした。

食事をしながら、岸田は生ビールと冷たい日本酒を何杯か飲んだ。その店の従業員の多くが岸田と顔見知りのようだった。

「随分と無口なんだな」

岸田が笑った。食事をしているあいだ、あずさは尋ねられたことに「ええ」とか「いいえ」と返事をしただけで、そのほかはずっと黙っていた。

食事が終わると、彼が予約しているという客室に行った。高層階の広々とした客室で、居間と寝室とに分かれていた。居間にも寝室にもとても大きな窓があって、そこから無数の光に彩られた大都会の夜景が一望できた。

部屋に入るとすぐに、岸田が裸になるようにと命じた。

戸惑いがないわけではなかったが、驚きはしなかった。カフェにいる時から、こうなるのではないかと思っていたから。

あずさは命じられるがまま、衣類と下着を脱ぎ捨てて全裸になった。

「顔も綺麗だが、体も本当に綺麗なんだな」

裸のあずさの全身を、岸田は瞬きの間さえ惜しむようにして凝視した。そして、床に立ち尽くしているあずさを見つめたまま、スーツとワイシャツを慌ただしく脱ぎ、下着を脱ぎ捨てて自分も全裸になった。

裸になった岸田の体は筋肉に覆われていて、腹部にもまったく贅肉がついていなかった。岸田の股間では浅黒い色をした巨大な男性器が真上を向いてそそり立っていた。

あの晩、全裸でベッドに身を横たえたあずさに体を重ね合わせ、岸田はあずさの髪を掻き毟(むし)りながら唇を執拗に貪った。さらには、骨が軋むほど強く抱きしめたり、その体のいたるところを撫でまわしたり、舐めまわしたりした。

　やがて、あずさから降りた岸田がベッドに仁王立ちになって言った。

「咥(くわ)えるんだ。できるな？」

　その言葉に、あずさはゆっくりと身を起こした。そして、そこに正座をし、目の前に突き出された男性器を……あずさの手首よりずっと太い男性器を口に含んだ。

　すぐに岸田があずさの髪を両手で鷲摑みにして前後に動かし始めた。

　息苦しかったが、辛くはなかった。屈辱感もなかった。あの頃のあずさには『辛い』というのがどういうことなのか、よくわからなかった。『屈辱』というものが、どんな感情なのかもわからなかった。

　十分以上にわたって、岸田はあずさの口を犯し続けた。口を開き続けているのが辛くなり、首がズキズキと痛み始めた頃、岸田が低い呻(うめ)きを漏らしながら、あずさの口の中に多量の体液を注ぎ入れた。

「飲むんだ。全部飲むんだ」

　男性器を引き抜いた岸田が命じた。

　その命令に従って、あずさは口の中の生臭い液体を、何度か喉を鳴らして嚥下した。

ためらいはなかった。どうなってもいいと思っていたのだ。

それから三年間、あずさは岸田が借りてくれた渋谷区内のマンションで、岸田の性の奴隷として暮らした。

週に二度か三度、岸田はあずさの部屋にやって来た。彼はそのたびに裸のあずさをベッドに押さえ込み、潤滑油を塗り込んだ肛門に男性器を挿入した。

「今は痛いだけかもしれないが、そのうちに気持ちよくなるはずだ」

あずさの上で腰を打ち振りながら、岸田はしばしばそう言った。けれど、その行為であずさが快楽を覚えたことは一度もなかった。

岸田が求めたので、あの頃のあずさはいつも女物の衣類と下着を身につけていた。そして、髪と爪を長く伸ばし、手足の爪にエナメルを塗り、顔に濃い化粧を施していた。

岸田と一緒に食事や買い物に行く時には、いつもミニ丈のスカートやワンピースを身につけ、踵の高いサンダルやパンプスやブーツを履いた。

岸田に命じられて、全身脱毛を繰り返したので、あずさの体には今も毛がまったくなかったし、髭も一本も生えていなかった。

あの頃のあずさは間違いなく、岸田の性の奴隷だった。けれど、辛いと感じることはなかった。

そう。自分の意思を表に出さず、何ひとつ拒まず、すべてを受け入れて生きるというのは、意外なほどに楽なものだった。

岸田が来ない日のあずさは、壁や天井やカーテンを見つめてぼんやりとすごしていた。部屋にはテレビがあったが、それを見ることはほとんどなかった。音のいいシステムコンポもあったが、音楽を聴くことも稀(まれ)だった。

未来のことは考えなかった。過去のことも思い出さなかった。

岸田は間違いなくあずさを求め、必要としていた。求められ、必要とされる。

あの頃のあずさにとっては、そのことだけが生きている証だった。

# 第二章

## 1

翌朝、それぞれが朝の仕事を始める前に、魚影島に暮らす全員が桟橋へと向かった。

小川翠がラジオで聞いたところでは、『スーパー台風』とも言うべき大型の台風が、ゆっくりとした速度で接近しているようだった。空は晴れていたが、風が音を立てて吹いていて、雲の流れも速かった。朝日に照らされた海面にも白波が立ち始めていた。

桟橋に繋留されている樹脂製の青いボートには、島を去る青木潤と、買い出し当番の吉岡一馬と杉田流星、それに沙希とあずさの五人が救命胴衣を身につけて乗り込んだ。ボートを漕ぐには力がいるので、買い出しの当番は中年の上原光三郎と久保寺和男を除く男たちが順番に担当していた。

ボートにはいくつものポリタンクが積まれていた。水道水を入れて魚影島に持ち帰るためだった。ボートの定員は八人だったが、帰りの荷物のスペースを確保しなければならなかったから、ふだんの買い出しには沙希を含む四人が行っていた。

ボートには家族や友人に書いた塾生の手紙や、國分が週刊誌に連載している原稿と出版社への手紙、それに星優佳里が投稿するための原稿などが積まれていた。それらの手紙や原稿は仔羊島の郵便局から発送し、その時に、塾生たちに届いた手紙や小包を受け取ることになっていた。

「塾長、お世話になりました。みんなもいろいろとありがとう。これからも頑張ってください」

いよいよボートが島を離れる時に、揺れる舟の上に立ち上がった青木潤が目を潤ませて言った。

「青木、お前も頑張れよ。気が向いたら、いつでも戻ってきていいからな」

國分のいかつい顔にも辛そうな表情が浮かんでいた。

「もしかしたら、本当に戻ってくるかもしれませんよ」

「そうだな。その時を楽しみにしているよ」

「それじゃあ、みなさん、さようなら」

その青木の言葉を最後に繋留が解かれ、ボートが桟橋から離れた。最初の漕ぎ手は吉岡一馬と杉田流星のふたりだった。

岸を離れていくボートに向かって、島にいる塾生が盛んに手を振っていた。桟橋のそばに佇んでいる十一人の姿は少しずつ小さくなっていった。

「沙希さん、きょうはちょっとうねりが高いから、落っこちないように気をつけてくださいよ。俺も流星も泳ぐのは苦手だから、落ちても助けには行きませんよ」

吉岡一馬がおどけた口調で言った。吉岡は気を遣う性格で、孤立しがちな沙希に、いつも気さくに話しかけていた。

「落ちたらあずさが助けてくれるわ。ねえ、あずさ」

親しげな口調で沙希が言い、あずさはふたりの関係が知られてしまうのではないかと心配した。

「僕もたいして泳げないし、力もないから、助けるのは無理だと思います」

笑みを浮かべてあずさが言い、沙希が「みんな冷たいのね」と言って笑った。

サングラスをかけた沙希の顔には、いつもよりさらに濃密な化粧が施されていた。ファンデーションに隠されて赤みは消えていたが、したたかに張られた頬は今もまだ腫れているように見えた。

## 2

途中であずさが吉岡一馬と代わって漕ぎ手を務め、その時に青木潤が杉田流星と漕ぎ手を代わった。魚影島に来たばかりの頃には、あずさはうまくオールを扱えなかった。けれど、今では慣れたものだった。

「こんなふうにボートを漕ぐのも最後だと思うと、何となく寂しいよ」

オールを動かしながら、青木潤が誰にともなく言った。

その青木と並んでオールを動かしながら、あずさは小さくなっていく魚影島を見つめた。ボートの後方に見えるのは魚影島のほかは海と空ばかりで、あとは何も見えなかった。朝日に照らされた海面を雲の影が動いていた。

時折、海面から魚が跳ね上がった。最初、鳥の姿はなかったが、仔羊島に近づくにつれ、カモメのような鳥が滑空しているのが見え始めた。

仔羊島に着く前に、もう一度、漕ぎ手の交代が行われた。海にうねりがあり、向かい風も吹いていたために、仔羊島に到着するまでにはいつもより十五分ほど長い七十五分を要した。

仔羊島の船着場には小さな石碑が立てられていて、そこにこんな文字が彫られていた。

『わが羊はわが声をきき、我は彼らを知り、彼らは我に従ふ』

國分によれば、それは新約聖書の言葉のようだった。

現在、仔羊島に暮らしているのは数十人で、その大半が漁業で生計を立てていた。長崎県にはカトリックの信者が多かったが、仔羊島の住民の多くも信者だと聞いていた。

時刻は七時十五分だった。七時半のフェリーが遠くから近づいてくるのが見えた。

仔羊島に着くとすぐに、沙希がスマートフォンを立ち上げた。電波状態はかなり悪かったが、ここでなら何とかWi-Fiが使えるのだ。沙希はそのスマートフォンで、ここでは買えない衣類や下着や、化粧品やアクセサリーなどを注文していた。

基本的には仔羊島には週に二度しか来ないので、来た時にはやることがたくさんあった。特に、水道水を入れたいくつものポリタンクをボートに運ぶのは重労働だった。

やがて、船着場にフェリーが接岸した。そのフェリーに乗り込む青木潤をみんなで見送った。青木が去ることで、魚影島に暮らすのは十五人になった。

「青木さん、これからも頑張ってください」

吉岡一馬が名残惜しげな口調で言い、青木が「ありがとう。そっちも頑張れよ」と答えた。船に乗り込んでからは、青木はもう振り向くことはなかった。

そのフェリーから塾生への土産物を手にしたあずさの父が降りてきた。父は半袖のポロシャツに、カーキ色のズボンという恰好をしていた。

「おはようございます。みなさん、お元気でしたか?」

そう言うと、あずさの父が塾生たちに頭を下げた。父は月に一度ずつ、ここに来ていたから、沙希や男の塾生たちとは顔見知りだった。

## 3

仔羊島にはカフェなどなかったから、いつものように、あずさと父は船着場の日陰にあるベンチに腰を下ろして話をした。

「元気だったか、あずさ?」

いつものように父がそう訊き、あずさもまたいつものように「元気だよ」と答えた。

「そうか。島の暮らしはどうだ?」

父がまた訊いた。父はまた息子と一緒に暮らしたいと思っているようだった。

「快適だよ」

「帰って来たくはないか？」

「帰りたくない。島に行ってよかったよ」

「そうか。お前がいいなら、お父さんはそれでいいよ」

父が笑った。父とあずさはまったく似ていなかったが、物静かな話し方はよく似ていると言われていた。

あずさは無口だったし、父もお喋り(しゃべ)ではなかったから、ふたりきりでいると沈黙の時間がいつも長く続いた。ふたりは押し黙ったまま、仔羊島を離れていくフェリーを見つめていた。

仔羊島での用事が済めばすぐに、あずさたちは魚影島に戻ることになっていたが、次のフェリーが来るのは夕方だった。父はそれまでひとりきりで、何もないこの島で過ごさなければならなかった。それでも、父は毎月、必ず、ひとり息子に会うために仔羊島にやって来た。

「お父さん、いろいろとごめんね」

顔を俯(うつむ)かせてあずさは言った。父に落ち度は何もないのだ。それなのに、自分のせいで父を苦しめ、心配させていることが申し訳なかったし、辛かった。

「気にするな。お前の人生だ。好きに生きるといい。そうだ。これ、今月分の小遣いだ」

俯いているあずさに、父が鞄から銀行の封筒を取り出して差し出した。

「今月はいいよ。いらないよ」

「そう言わずに取っておけ」

「ありがとう。でも、島では会費のほかには使い道がないんだ。だから、今月はいらない。まだ先月の分が残っているんだ」

あずさが言い、父は「そうか」と言って、差し出したばかりの封筒を鞄に戻した。


午前十時の少し前頃、仔羊島での用事を終えた塾生たちは、あずさの父に見送られて船着場を離れた。最初の漕ぎ手は吉岡一馬とあずさだった。

魚影島に戻るボートには、水を詰めたポリタンクや米や小麦粉などのほかに、調味料や医薬品や衣類などたくさんの荷物が積み込まれていた。沙希は通信販売で購入したたくさんの品々を郵便局で受け取り、自分のための酒や煙草を買っていた。

「波が高いから、気をつけて帰ってください」

ボートに乗り込んだ四人に、父が大きな声で言った。

海面には相変わらず、うねりが立っていた。あずさの父によれば、やはり巨大な台風が近づいているらしかった。

帰りは風に背中を押されるようになるので、ボートはうねりの高い海面をどんどんと進んだ。帰りの漕ぎ手は三人の男だったが、このペースなら昼食に間に合いそうだった。

漕ぎ始めてしばらくして、あずさが杉田流星に漕ぎ手を交代してもらった時に、ボートの舳先で前方を見張っているあずさに、沙希が這い寄って来て囁いた。

「今夜もおいでよ」

その言葉に、あずさは沙希の顔は見ずに頷いた。

## 4

その日の夕食の当番は、久保寺和男と一条千春、それにあずさの三人だった。三人は料理長でもある石橋麗子に指示されながらせっせと炊事に励んだ。今朝は川端隼人と杉田流星が鯛を釣り上げたので、その刺身がふるまわれることになっていた。

「久保寺さん、もっと丁寧にできないんですか？　わたしは千切りキャベツを作ってくださいと言ったんですよ。それじゃあ、千じゃなく百じゃないですか」

料理長の石橋麗子が、キャベツを切っていた久保寺和男に言った。

「石橋さん、お言葉ですが、口に入れてしまえば同じですよ」

苦笑いを浮かべて久保寺が言った。

「久保寺さん、わたしもあまりガミガミは言いたくないんです。だけど、調理も小説を書くのと同じだと思うんです。手を抜いたり、雑なことをしたりしたら、人を感動させることはできないんですよ。料理は食べる人が喜ぶ姿を思い浮かべて丁寧に作ることが大切なんです」

子供に言い聞かせるかのように石橋麗子が言った。飲食店を経営していたにもかかわらず、久保寺は料理が嫌いなようで、いつも何とか楽をしようとして麗子に注意されていた。

「すみません。これからは気をつけます」

そう謝罪をした久保寺が、あずさの顔を見てペロリと舌を出した。その顔はいつものように人懐こくて親しげだった。


塾生が集会室に集まり出した頃、一緒に食事当番をしていた一条千春があずさに近づいて来て原稿用紙の束を差し出した。その原稿は鉛筆で書かれていた。一条千春は可愛らしい文字を書く人だった。

「わたしの新作なんだけど、読んでくれない?」

くりくりとした目であずさを見つめて一条千春が言った。

「僕が読むの?」

あずさは千春を見つめ返した。彼女の右側の頰には、今もエクボができていた。

「うん。まだ塾長にも翠さんにも見せてないんだけど、最初にあずさくんに読んでみてもらいたいの」

「千春ちゃん、どうしてあずさくんなんだい?」

向き合っている千春とあずさのあいだに、久保寺が割って入った。「代わりに、わたしが読んであげるよ」

「若い人の意見が聞きたいのよ」

「へえ、そうなんだ? 若くなくて悪かったな。なあ、石橋さん?」

石橋麗子にそう言うと、久保寺和男がまた親しげに笑った。

「あずさくん、読んでくれる?」

「それじゃあ、あの……読ませてもらうよ」

そう言うと、あずさはおずおずと手を伸ばして千春から原稿を受け取った。

5

その夜もあずさは林の中にある沙希のプレハブへと向かった。

仔羊島から戻って来た時に比べると、風はさらに強くなっていた。吹き抜ける風が木々の葉を絶え間なく揺らした。

沙希のプレハブの前に立ったあずさは、木々の葉が擦れ合う音に負けまいと、いつもより強くドアをノックした。

「入って」

沙希の声が聞こえ、あずさは静かにドアを開けた。

今夜の沙希はエロティックなナイトドレスを身につけていた。とても丈の短い青いナイトドレスで、透き通った薄い生地の向こうに青いショーツを穿いただけの体がはっきりと見えた。自室にいるというのに、沙希は踵の高いパンプスを履いていた。ブラジャーをしていない胸にはビキニの日焼け跡が白く残っていた。

「仔羊島で受け取ったベビードールよ。似合う?」

沙希がほっそりとした体をくねらせて誘うような笑みを浮かべた。

いつものように、その晩もふたりは荒々しく交わった。沙希は経口避妊薬を服用しているということだったから、避妊具を使うことはしなかった。

「あずさ……今度は……後ろからして」

仰向けの沙希に身を重ねているあずさに、声を喘がせて沙希が言った。

あずさが離れると、すぐに沙希がベッドに両肘を突き、脚を左右に大きく広げて四つん這いの姿勢を取った。そんな沙希の背後に跪（ひざまず）くと、あずさは水着の跡が残っている小さな尻を両手で摑んだ。体液にまみれた女性器のすぐ上に、小豆色をした肛門が見えた。

その瞬間、また岸田を思い出した。かつてのあずさも今の沙希と同じ姿勢をとって、岸田から頻繁に犯されたものだった。

「何をしてるの？　早く始めて」

四つん這いになった沙希が、背後のあずさを振り向いて訴えた。沙希はすでに汗まみれで、額に何本かの髪が張りついていた。

あずさは無言で頷くと、硬直した男性器の先端を沙希の股間にあてがった。そして、沙希の尻を自分のほうに引き寄せながら、腰をゆっくりと突き出した。巨大な男性器が膣口を押し広げ、沙希の中にずぶずぶと沈み込んでいくのがよく見えた。

沙希が低く呻き、エナメルに彩られた長い爪が折れてしまうのではないかと思うほど強くシーツを握り締めた。贅肉のない背に、肩甲骨がくっきりと浮き上がった。

男性器が沙希の中に完全に埋没すると、あずさは沙希の尻を掴んだまま腰を前後にリズミカルに振り始めた。

「あっ……いやっ……うっ……うっ……ああっ！」

長い髪を振り乱し、天井を見上げたり、シーツに額を擦りつけたりしながら、沙希は獣のような声を漏らし続けた。

その沙希の呻きと、ふたりの肉がぶつかり合う鈍い音、それにベッドのスプリングが軋む音とが薄暗い部屋の中に果てしなく響いた。

腰を振り続けながら、あずさはまた岸田を思い出した。


魚影塾への入塾が許可された日に、あずさは長かった髪を自分で切り、除光液でマニキュアとペディキュアを丁寧に落とし、男物の衣類を身につけた。そして、『これまでありがとうございました』というメモを残して渋谷のマンションを出ると、私鉄の電車に乗って自分の家へと向かった。

岸田に恨みはなかったし、彼のことは嫌いではなかった。それでも、あの三年間のことはもう思い出したくなかった。今になって思えば、あの日々は悪夢のようなものだった。

## 6

あずさが沙希のプレハブを出たのは、十一時をまわった頃だった。その時に、沙希も一緒に外に出た。

「こんな時間に、どこに行くの？」

あずさは訊いた。強い風が火照った体を心地よく冷やしていった。

「丘の上。暑くてたまらないから涼んでくる。一緒に行く？」

沙希が訊いた。彼女は黒いタンクトップに黒いショートパンツという恰好をしていた。

「あしたも早いから、僕は戻るよ」

「わかった。おやすみ」

「おやすみなさい」

そう言うと、あずさは沙希と別れ、男子のプレハブへと向かった。

風は明らかに強くなっていた。空にはたくさんの星が瞬いていたが、雲の流れは一段と速かった。海も荒れ始めているようで、波の音がいつもより大きく聞こえた。

狭い自室に戻るとすぐに、あずさは読書灯の下で一条千春から手渡された原稿を広げた。それは千春が書いた二作目の小説で、江戸の呉服店のひとり娘の恋物語のようだった。

江戸の旅籠（はたご）で働く少女を主人公にした千春の処女作は、大手の出版社の文学賞の最終選考に残っていた。選考委員のひとりが賞賛したその作品はあずさも読んでいたが、主人公が生き生きとしていて、本当に初めて書いたのかと思うほど素晴らしいものだった。

だが、今、あずさが手にしている作品は、前作よりさらに素晴らしかった。新作の文体は処女作より洗練されていたし、美しくもあった。ストーリー運びも実に巧みで、原稿用紙をめくる手を止めることができなかった。

いつかは僕にも、こんな小説を書けるようになるのかな？

物語を読み進めながら、あずさはそんなふうに思っていた。

原稿を読み続けているあいだずっと、ベニヤ板の向こうから寝息が聞こえていた。杉田流星の寝息だった。

時計を見ると、すでに午前一時になっていた。あしたも早かったから、いい加減に眠らなければならなかった。けれど、どうしても読むのをやめられなかった。物語にそれほど引き込まれていたのだ。

千春が描く作品はそれほどまでに生き生きとしていた。まるで江戸時代にタイムスリップしたことがあるかのようだった。

そして、あずさは千春の才能を妬んだ。

あずさが誰かに嫉妬をしたのは、それが初めてかもしれなかった。

もっと読み続けたかったが、時計の針が二時を指したのを機にあずさは明かりを消して布団に身を横たえた。

かつてのあずさは寝つきが悪かったし、その眠りはいつも浅かった。けれど、この島に来てからは、毎日の重労働のおかげで横になるとすぐに眠りに落ちた。

それでも、今夜は目が冴えてしまい、なかなか寝つくことができなかった。千春の小説に夢中になっていたせいで、きっと興奮してしまったのだろう。

眠れないまま、暗がりに沈んだ天井を見つめていると、國分誠吾と初めて会った時のことを思い出した。

四月上旬のあの日、あずさは父とふたりで五島市からフェリーに乗って仔羊島へと向かった。

フェリーが仔羊島に着いたのは、朝の七時半だった。その船着場が國分との待ち合わせ場所だったが、そこにまだ彼の姿はなかった。

あの日のあずさは、微かな不安を抱いていた。魚影塾の連絡先でもある出版社から國分との待ち合わせの日時は指定されていたけれど、塾長である國分本人からは何の連絡ももらっていなかったからだ。

よく晴れた朝だった。風は少し強かったが、寒いということはなかった。すぐそばでハナミズキが白い花を咲かせていた。

ひどく殺風景で、人の姿がほとんどない船着場に父とふたりで佇んでいると、遠くに小さくボートが見えた。その手漕ぎのボートは少しずつ、少しずつこちらに近づいてきて、やがて乗っている人たちの姿が見えるようになっていった。

その青いボートに乗っているのは、四人の男たちだった。その中のひとり、いかつい顔をした中年男が國分誠吾に違いなかった。

ボートから降りた國分は、救命胴衣を身につけたまま、あずさと父に歩み寄ってきた。

「國分です。これからよろしくお願いします」

いかつい顔に笑みを浮かべてそう言うと、國分が右手をあずさに差し出した。

「早野(はやの)です。あの……こちらこそ……よろしくお願いします」

あずさがおずおずとした態度で出した華奢な右手を、國分は強い力で握り締め、あずさの目を真っすぐに見つめた。

何て澄んだ目なんだろう。

それが國分への第一印象だった。

あの日、あずさは仔羊島の船着場で父と別れ、手漕ぎのボートに乗って魚影島へと渡った。あの日のあずさが持っていたのは、数枚の衣類などほんの少しのものだけだった。けれど、その胸には希望のようなものが広がっていた。

そう。希望。

希望を感じるのもまた、生まれてから初めてだった。

## 7

翌朝、あずさが眠い目を擦りながら外に出ていくと、水原綾乃の姿が見えないと女子の塾生たちが騒いでいた。そこには塾長の國分の姿もあった。

　朝になっても綾乃が部屋から出てこないので小川翠が起こしに行くと、彼女の自室は空っぽで、布団も部屋の片隅に畳まれたままだったのだという。

「そうか。それで綾乃はいつからいないんだ？」

　女子の塾生を見まわして國分が訊いた。だが、心配しているふうではなかった。この島には外部の者は入って来ないから、とても治安がいいのだ。

「わたしが最後に姿を見たのは夕食の時でした」

　小川翠が答えた。彼女もそれほど心配をしている様子ではなかった。

「優佳里は綾乃の隣の部屋だったな。何か気づいたことはないか？」

　國分が今度は星優佳里に尋ねた。それぞれの個室の壁はベニヤ板なので、隣室の音は筒抜けだった。

「実はわたし、昨夜は遅くまで集会室で城戸さんと話をしていて、部屋に戻ったのは、あの……十二時をまわっていたと思います。その時には綾乃さんの部屋は静かだったから、もう眠っちゃったんだろうと思っていました」

　思い出すような顔になった優佳里が答えた。彼女は恋人の城戸孝治と、よく集会室で深夜まで話し込んでいるようだった。

「散歩にでも行ったのかな？　とにかく、手分けして探してみよう」

國分が言い、塾生たちはいくつかのグループに分かれて水原綾乃を探しに出た。


あずさは川端隼人とふたりで林の中を見てまわることになった。

強い朝日が照りつけていたが、風は一段と強くなっていて、青い空をいくつもの雲が流されて行った。木々の葉もザワザワと音を立てていた。海のうねりは前日に比べても明らかに大きくなっていた。

小川翠によれば、超大型の台風はあしたの深夜からあさっての未明にかけて、この島にかなり接近するようだった。國分の提案で、あしたは朝から全員で台風への備えをすることになっていた。

「川端さんも台風の経験があるんですよね？」

川端とふたりで、丘の上へと続く急勾配の小道を登りながらあずさは訊いた。

「うん。確か、おととしだったと思うけど、大きな台風が直撃したことがあってさ、あの時は大変だったんだ。鶏小屋が吹っ飛ばされて鶏たちが逃げ出してさ、捕まえるのに苦労したよ。プレハブのガラスも何枚か割れたし、畑もメチャクチャになったんだ」

おとといの夜、吉岡一馬が言ったのと同じような言葉を川端が口にした。

急な坂道を登り終えたふたりが丘の上に着くと同時に、ほぼ真下から人の叫ぶ声がした。

「綾乃さんがいるっ！　ここに倒れてるっ！　みんなーっ！　みんな、来てくれーっ！」

城戸孝治の声だった。

「塾長っ！　断崖の下ですっ！　来てくださいっ！」

ほぼ同時に、杉田流星が叫ぶ声もした。

川端隼人とあずさは急いで頂上に走り、そこから三十メートル下を覗き込んだ。

ふたりがいる場所は切り立った断崖絶壁の上にあり、その真下は巨大な岩が転がっている場所だった。今は干潮の時刻で、ふだんなら岩のあいだに海水が入り込む程度だったから、沙希はよくその岩の上で日光浴をしていた。だが、今朝はうねりが大きいということもあって、岩場にも絶えず波が打ち寄せていた。

その岩場に杉田と城戸がいて、ふたりのあいだに女が横たわっていた。

「行こう、あずさ」

川端隼人がそう言うと、あずさの返事を待たずに走り出した。

# 8

川端とあずさが断崖の下の岩場に着いた時には、すでに塾生の大半がそこにいた。横たわっている水原綾乃のそばに身を屈めている國分誠吾の姿も見えた。

綾乃は断崖の上から転落したようだった。少し離れたところからでも、彼女の周りに血のようなものが飛び散っているのが見て取れた。

「ダメだ。死んでいる」

苦しげな口調で國分が言った。その顔には沈痛な表情が張りついていた。

何人かの女が小さな悲鳴を漏らした。両手で顔を覆って泣き出す女もいた。

「どうしますか？」

國分の脇にいた久保寺和男が訊いた。その顔もまた、ひどく強ばっていた。

「とにかく運び上げよう。誰か、手を貸してくれ」

國分が言い、男の塾生たちがお互いを見まわした。

すぐにあずさが倒れている綾乃に歩み寄った。岩場に叩きつけられたらしい綾乃の体は血まみれになっていたが、整ったその顔には少しも傷がついていなかった。綾乃の衣類は打ち寄せる飛沫を受けてしっとりと湿っていた。

あずさに続いて杉田流星と城戸孝治、それに川端隼人が名乗り出て、命をなくした綾乃を四人がかりで持ち上げた。

その瞬間、長い髪と左右の腕がだらりと垂れ下がり、体の下で振り子のように揺れた。綾乃は華奢な体つきの女だったから、持ち上げて運ぶのは容易いことだった。

右側から綾乃の上半身を抱えながら、あずさは目を閉じた綾乃の顔を見つめていた。その顔はただ眠っているだけのようにも見えた。


集会室のあるプレハブのそばの少し開けたところで、四人は綾乃の死体を地面に下ろした。

誰もが無言だった。啜り泣いている一条千春の肩を石橋麗子が抱いていたが、彼女の目からも涙が溢れていた。男たちもみんな悲痛な表情を浮かべていた。

無言で遺体を見下ろしている國分に、川端隼人が歩み寄って言った。

「塾長、今すぐ警察に通報しましょう。今だったらまだ仔羊島に渡ることができると思います」

「そうしましょう。俺と誰かが今すぐに仔羊島に渡ります」

今度は杉田流星が口を開いた。彼は正義感が強いだけでなく、行動力もある男だった。

「そうですね。六人でボートを漕げば、この海の状態でも仔羊島まで一時間はかからないと思います。俺と流星と孝治と一馬、それに久保寺さんとあずさが仔羊島に向かいます。いいですよね、久保寺さん？」

川端隼人が言い、久保寺和男が「ああ。いいよ」と答えた。久保寺は腰痛持ちだという理由で、いつもボートの漕ぎ手を免除されていた。

ボートの定員は八人だったが、ふだんは帰りの荷物があるから、そんなに大勢が乗ることはない。けれど、六人の男たちが力を合わせて漕げば、いつもよりずっと早く仔羊島に到着できるはずだった。

「清水さんと優佳里にも加わってもらって、八人で漕いだらどうでしょう？　そうすれば、もっと早く仔羊島に着けます」

川端の顔を見つめて杉田流星が提案した。

「いや。このうねりの中で八人が乗るのは危険だ。重くなりすぎて転覆の可能性がある。やはり六人がいいと思う」

少し考えてから川端が言った。

「確かに、そうかもしれないですね。それじゃあ、川端さんの言う通り、六人で行きましょう。塾長、いいですよね？　仔羊島に渡る許可を出してください」

黙っている國分に向かって、杉田が強い口調で言葉を続けた。

「いや。綾乃の遺体は……われわれの手で埋葬しようと思っているんだ」

思い詰めたような顔の國分が、ゆっくりとした口調で言った。

「埋葬するって……それはダメです、塾長。それは違法です」

すぐに川端が声を上げた。「死体を勝手に埋めたなんてことが誰かに知られたら、大変なことになります」

「川端さんの言う通りです。今すぐに仔羊島に渡って通報するべきです」

杉田流星がさらに強い口調で言った。

「違法なことはわかっている。でも……綾乃のことを考えると、我々が葬ってやるのが一番だと思うんだ」

沈痛な表情の國分が、重苦しい口調で言った。「綾乃には身内と呼べる者がいないんだから……だから、たぶん、綾乃もそれを望んでいるんじゃないかと思う。ここに葬ってやれば、これから毎日、みんなで偲(しの)んでやれるじゃないか」

少しの沈黙があった。その沈黙を破ったのは久保寺和男だった。

「わたしは塾長の意見に賛成です。綾乃さんが好きだったこの島に葬ってやるのが、彼女にとっては一番だと思います」

「わたしも塾長に賛成です」

今度は料理長の石橋麗子が口を開いた。「あの子には身内がいないから、この島にお墓を作ってあげるのがいいと思います」

「でも、それは明らかに法律違反なんですよ」

少し苛立ったように川端隼人が言い、その隣で杉田流星が深く頷いた。

「それじゃあ、多数決で決めたらどうだろう?」

再び塾生たちの顔を見まわして國分が提案した。その場には彼の娘の沙希もいた。「わたしの意見に反対だという者は手を挙げてくれ」

すぐに川端と杉田が勢いよく手を挙げ、それに続いて城戸孝治と、彼の恋人でもある星優佳里がおずおずと手を挙げた。けれど、挙手をしたのはその四人だけだった。

あずさは手を挙げなかった。死体を勝手に埋めるのが違法だということはわかっていたが、どちらが正しいのかという判断はできなかった。

一緒に洗濯をしている時に、綾乃が『わたしはここがいい。ここの暮らしが好き』と言ったのを、あずさは覚えていた。

「反対は四人だな。それじゃあ、今度はわたしに賛成だという者は手を挙げてくれ」

國分が言い、久保寺和男と石橋麗子がすぐに手を挙げ、続いて小川翠と一条千春が手を挙げ、最後に國分が頭上に手を挙げた。

「五対四だ。上原さんと由美と一馬、あずさと沙希は棄権ということでいいな？　異論のある者はいるか？」

また塾生たちを見まわして國分が訊き、「どっちでもいいわ。わたしには関係のないことだから」と冷たい口調で沙希が言った。

「こんなことを多数決で決めるのは間違いです。棄権をした人も五人もいるんですよ」

怒っているかのような顔をした川端が身を乗り出して言った。

「とにかく、決まりだ。綾乃はこの島に葬る。異議は認めない」

強い口調で國分が言い、川端隼人と杉田流星が渋々という顔をして頷いた。


水原綾乃の死体を土の中に埋めるのには、一時間ほどしかかからなかった。國分が墓碑に書いた『草は枯れ、花は落つ』という言葉は、新約聖書からの引用のようだった。

この自分も、いつか必ず死ぬのだ。生の時間はとても短くて、生きているというのは奇跡のようなことなのだ。

あずさは思った。そして、生というものの儚さを、たぶん、生まれて初めて感じた。

「綾乃は自殺したのかな？　それとも、間違って転落したのかな？」

埋葬を終えて集会室に向かいながら、川端隼人がぽつりと言った。

「わたしは自殺だと思う」

川端のすぐ脇を歩いていた国語の教師だった上原光三郎が言った。

「わたしもそう思う。綾乃さんは思い詰める性格だったし、最近も上手く書けないってよく言っていたから……」

今度は清水由美が口を開いた。彼女は綾乃の一番の話し相手だった。「つい先日も、次の作品がダメだったら死ぬしかないって言っていたの」

「それは本当か？」

國分が驚いたように尋ねた。

「ええ。でも、綾乃さん、笑いながら言っていたから、あの時には本当に死ぬなんて思ってもみませんでした」

由美が言い、周りにいた何人かが無言で頷いた。

上手く書けないと言って、綾乃がいつもくよくよとしていたのは誰もが知っていた。

太陽が照りつけていたけれど、相変わらず風が強く、雲の流れも速かった。海のうねりも、さらに大きくなっているように見えた。

## 9

綾乃の死に動揺しつつも、その朝も塾生たちは自分に与えられた作業をこなし、正午には集会室で沙希を除く全員が食事をした。

食事の時間はいつも賑やかだった。だが、その日は話をする者はほとんどおらず、集会室は静まり返っていた。

午後も塾生たちはそれぞれの当番を黙々とこなし、その後の時間を執筆に費やした。小川翠によれば、台風への備えはあしたの朝から始めればよさそうだった。

あずさはいつものように集会室のテーブルで、『みづうみの彼方にゆかん』を書き写し始めた。だが、きょうはどうしても集中することができなかった。

誰かと特別に親しくすることもなく、余計なことを喋らない綾乃が、あずさは好きだった。あずさと同じように、彼女もヤマネコとして生まれるはずの人間だった。

『みづうみの彼方にゆかん』を書き写していると、濃密な化粧を施した國分沙希が煙草を咥えて集会室に姿を現した。

こんなに風が強いというのに、きょうも日光浴をしてきたのだろう。沙希は黒いビキニトップとデニムのショートパンツという恰好で、派手なペディキュアが施された足にピンクのビーチサンダルを履いていた。骨張った足首には金のアンクレットが巻かれていた。

いつもの午後のように、集会室にいるのは塾長の國分と小川翠、清水由美と一条千春、それにあずさの五人だった。

沙希は煙を立ち上らせながらあずさに歩み寄ると、いつものように、小さく丸めた紙片をその手にそっと握らせた。そして、あずさの近くの椅子に腰掛けて、長い脚をゆっくりと組んでから、「小説が上手く書けないから死ぬなんて馬鹿みたい」と、聞こえよがしの大声で言った。

その瞬間、清水由美が立ち上がり、床を踏み鳴らすようにして沙希に歩み寄った。

「もう一度、言ったらただじゃおかないよ」

鬼のような形相で沙希を見つめた由美が、怒りに声を震わせて言った。

「何度でも言ってやる。小説が上手く書けないから死ぬなんて、大馬鹿ね。そんな馬鹿は死んでいいのよ」

　その言葉が終わるか終わらないかのうちに、由美が沙希の左の頰にしたたかな平手打ちを見舞わせた。フィルターにルージュのついた煙草が、煙を立ち上らせながら床を転がっていった。

「何しやがんだ、このドブスっ！」

　怒りに顔を歪めた沙希が立ち上がり、由美に摑み掛かった。だが、その瞬間、沙希が突き出した右腕を、由美が両手で素早く鷲摑みにした。そして、自分は沙希にくるりと背を向け、柔らかく身を屈め、柔道の一本背負いのようにして投げ飛ばした。

　沙希の華奢な体は宙に高く舞い上がり、その直後に凄まじい勢いで背中から床に叩きつけられた。その大きな音が集会室に響き渡った。

　沙希は一瞬、気を失ったようだった。だが、すぐに意識を取り戻し、床の上で身を捩って悶絶した。

「畜生……許せない」

　ビキニトップだけの上半身をようやく起こした沙希が、怒りと憎しみに体を震わせて言った。沙希は脚をふらつかせながらも立ち上がり、肩に掛けていたポーチに手を突っ込み、そこから小さなナイフを取り出した。

「殺してやるっ！」

低い声でそう言うと、沙希がナイフを振り上げて由美に近づいた。強く張られた左の頬が真っ赤になっていた。

「やれるものならやってみなっ！」

わずかに後退り（あとずさ）りながらも、由美が言い返した。

次の瞬間、沙希が由美の顔めがけてナイフを振り下ろし、あずさは思わず「危ないっ！」と叫んだ。

だが、俊敏な由美はギリギリのところでナイフの刃をかわし、その直後に沙希の手首に空手チョップのような一撃を浴びせた。そのことによって、沙希が握っていたナイフが音を立てて床に転がった。

沙希はとっさに身を屈め、床に落ちたナイフを拾い上げようとした。だが、その前に、突き出された由美の右拳が、沙希の顔面をしたたかに打ち据えた。

強烈なパンチをまともに受けて、沙希の体が背後にすっ飛んだ。

床に仰向けに倒れた瞬間に、今度も意識をなくしたようで、しばらくのあいだ沙希は体を起こすことができないでいた。

「本気で殺そうとしたね。殺人未遂で警察に突き出してやるっ！」

床に倒れたままの沙希に向かって由美が怒鳴ると、剝き出しのウエストの辺りを右足で強く蹴り上げた。沙希が「うっ」という小さな呻きを漏らして体を捩らせた。

「悪いのは沙希だ。許してくれ、由美。この通りだ」

割って入った國分が、由美に向かって頭を下げた。

由美は返事をしなかった。床に転がって身悶えしている沙希を、怒りに顔を歪めて見下ろしているだけだった。

「あずさ、悪いが、沙希をここから連れ出してくれ」

困ったような顔をした國分が言った。沙希が島に戻ってきてからの國分は、娘と塾生たちの板挟みになって困惑していることが多かった。

「あっ、はい」

そう答えてあずさは沙希に歩み寄った。そして、「行きましょう、沙希さん」と言いながら、剝き出しの上半身を両手で抱き起こした。

朦朧となりながらも、沙希があずさに視線を向けた。殴られた左目の周りにアザができていた。左の頰は真っ赤で、さらに腫れ上がっているように見えた。

# 10

あずさは右手で沙希を抱きかかえ、左手には集会室にあった薬箱を下げて、林の中にある沙希のプレハブへと向かった。沙希はいまだにぼんやりとしていて、脚をもつれさせて何とか歩いているという状態だった。

沙希の部屋に入ると、あずさは彼女をベッドの端に座らせてから薬箱を開いた。

「面倒をかけちゃったね。ごめん」

申し訳なさそうに沙希が言った。その顔はさっきよりさらに腫れていた。左目の周りのアザも一段と濃くなっていたし、唇も膨れているように見えた。

「ナイフをいつも持ち歩いているの?」

あずさは訊いた。あのナイフがもし由美の顔を直撃していたら、大変なことになっていたはずだった。この島には医学の資格を持つ者は誰ひとりいなかったし、仔羊島にも医療機関はなかったから。

「護身のためよ」

「この島では護身の必要はないよ」

　あずさは木製の薬箱を開いた。そこには市販の痛み止めや胃薬や風邪薬、切り傷の薬や救急絆創膏、虫刺されの薬や下痢止め、医療用アルコールなどが入っていた。

「わたしを医者のいるところに連れて行って。わたし、医者に診てもらいたいの」

　薬箱の中を調べていたあずさに沙希が言った。

「無理だよ、沙希さん。もう海も荒れてきてるし、ボートは出せないよ」

「もし、わたしやあの女が大怪我をしていたら、どうするつもり？」

　顔を上げたあずさをじっと見つめて沙希が訊いた。

「どうするって……」

　あずさは答えに困って沙希を見つめ返した。

　医療機関がないだけでなく、医師も看護師もいないこの島では、怪我をしたり、病気になったりするのが最も心配されることだった。あずさが来る前には何度か、怪我をした塾生や、急性の盲腸炎で苦しんでいる塾生を、ボートで仔羊島に搬送したことがあるようだった。何年か前には島にインフルエンザウイルスが持ち込まれ、その時には何人もの塾生が高熱を出して寝込んだと聞いていた。高血圧で腰痛持ちの久保寺和男や、糖尿病の上原光三郎は、いつも持病が悪化することを心配していた。

「母が死んだ時もそうだった」

黙っているあずさに向かって、沙希が呟くような小声で言った。

そんな沙希の顔を、あずさはまじまじと見つめた。


沙希の母、國分有希が亡くなったのは、十二年前の夏の午後のことだった。沙希は十七歳で、あの頃は五島市内でひとり暮らしをしていたのだが、夏休みなので魚影島に戻っていた。

あの日、有希は娘の沙希とふたりで、断崖の下の岩場で巻き貝を採集していた。その小さな貝を煮ると、いい出汁が取れるのだ。

断崖から崩れ落ちた石が有希の背中を直撃したのは、そろそろ引き上げようとしていた時だった。

有希は微かな声をあげて倒れ込んだ。十メートルほど離れたところで貝を取っていた沙希は、その声で母に起きた異変を知った。

沙希はすぐに倒れている母に駆け寄った。白いTシャツに覆われた母の背中に血の染みができ、それがどんどん大きくなっていった。俯せに倒れ込んでいる母のすぐ脇には、母の背を直撃したと思われる、人の頭大の石が転がっていた。

「お母さんっ！　お母さんっ！」

沙希は叫びながら、母の体を揺り動かした。

そのことによって、母は意識を取り戻した。けれど、その口から出たのは呻くような声だけだった。

怪我の程度が軽いものでないことは、医学の知識を持たない沙希にもすぐにわかった。背中からの出血量はかなりのものだった。

沙希はすぐに父を呼びに行った。國分誠吾はいつものように、プレハブの一階で執筆をしていた。

娘から事態を知らされた國分は断崖の下の岩場へと駆けつけ、倒れている妻を抱き起こした。だが、その時にはすでに、有希は再び意識を失っていた。

「有希っ！　有希っ！」

國分は妻の名を連呼した。けれど、有希は夫の呼びかけに反応しなかった。

「すぐに仔羊島に運ぼうっ！」

叫ぶように國分が言った。

ふたりはぐったりとなった有希を桟橋に繋留されたボートに運び込み、仔羊島へと向かった。当時のボートは今の八人乗りの手漕ぎのボートではなく、定員四人のモーターボートだった。そのボートなら、仔羊島までは二十分足らずだった。

全速力で仔羊島に向かう途中、沙希は何度も母に呼びかけた。父も同じことをしていた。けれど、母は呼びかけには一度も反応しなかった。

ボートがようやく仔羊島に着いた時には、母の心臓はすでに停止していた。

母を殺したのは父だと沙希は今も思っている。もっと早く病院に連れて行けば、母は死なずに済んだかもしれないのだ。そもそも、こんな島に移り住まなければ、落石事故なんかに遭うこともなかったはずなのだ。

「父にはわたしから母を奪ったという負い目があるの。それでわたしには、言いたいことも言えないの」

沙希が言い、あずさは小さく頷いた。

「なんだか、僕と少し似ている」

あずさは言った。母がいないということや、実の父から甘やかされているという境遇が似ているように感じられたのだ。

「だったら、わたしたち、似たもの同士なのかもね」

腫れた顔を歪めるようにして沙希が笑った。

# 11

その夜、あずさは一条千春の書いた小説を読み終え、その原稿を返すために女子のプレハブへと向かった。

男子のプレハブと同じように、女子のそれにも全部で十二の部屋があったが、水原綾乃が死んだ今、女の塾生は五人だけになっていた。小川翠と清水由美、それに石橋麗子の三人は二階の部屋をふたつずつ利用していた。一条千春と星優佳里の自室はプレハブの一階にあった。彼女たちもそれぞれ、二部屋を利用していた。

薄いドアをノックしたあずさを、千春は満面の笑みで招き入れてくれた。原稿を返しに行くことは、食事のあとで伝えてあった。

塾生の部屋はどれも同じスペースだった。女子はみんな二部屋のうちのひとつを書斎にし、もう一部屋を寝室として使っていた。

あずさが招き入れられたのは書斎のほうで、小さな座り机の上には読書灯と原稿用紙と国語辞典、それに野菊を生けた白い花瓶が置かれていた。部屋の片隅には本の詰まった小さな書籍棚があった。壁には色紙が張られていて、そこに國分の字で『海に往きて釣をたれ、初に上がる魚をとれ』と書かれていた。それもまた新約聖書からの引用のようで、國分は色紙を求められると、その言葉をよく書いているようだった。

千春の部屋にはアロマオイルのような香りが漂っていた。この島で暮らすようになってからは化粧をしなかったが、大学に通っていた頃にはいつもきちんと化粧をしていたのだと聞いていた。

「読ませてもらいました。ありがとうございます」

そう言いながら、あずさは原稿用紙の束を千春に手渡した。

「どうだった?」

千春が尋ねた。可愛らしいその顔には、心配そうな表情が浮かんでいた。

「すごくよかったです」

あずさは言った。彼女の二作目となるその作品は、文学賞の最終選考まで残った処女作より優れているように感じていた。

「本当? 嬉しい」

千春が笑った。彼女は三つ年上だったが、その笑顔をあずさは可愛いと思った。

「本当に素敵な小説でした。今度こそ、受賞できるかもしれませんよ」

「そうなればいいな。わたし、どうしても作家になりたいの。いい小説が書けないなら死んだほうがいいって綾乃さんが言ったみたいだけど、わたしにもその気持ちはわかる気がする」

千春が言い、あずさは無言で頷いた。

小説についての自分の考えを、千春はしばらく熱心に話していた。あずさと同じように、千春もまた作家としての國分誠吾という作家に傾倒していた。

十分ほど話をしたあとで、あずさは男子のプレハブに戻ろうとした。午後九時に部屋に来て欲しいと川端隼人に言われていたからだ。

ドアを開けようとしていたあずさを、千春が「あずさくん」と言って呼び止めた。

「何ですか？」

「あずさくん。あずさくんはわたしを……どう思う？」

くりくりとした目で千春があずさを見つめた。

「あの……才能があって、羨ましいです」

「ありがとう。でも、異性としてはどう思う？」

千春がさらに訊き、あずさは返答に困って口ごもった。

「思い切って言うけど、わたし、あずさくんが好きなの」

真剣な顔であずさを見つめて千春が言った。

「あの……僕は……」

「いいの。何も言わないで。ただ、わたしの気持ちを伝えたかっただけ。困らせてごめんね」

千春が言い、あずさは戸惑いながらも小さく頷いた。

## 12

その晩、あずさは指定された午後九時に川端隼人の部屋に行った。

プレハブの二階にある川端の部屋にはすでに、年配の上原光三郎と久保寺和男のふたりを除いた四人の男たちが集まっていた。川端も今は二部屋の利用を許されていて、その部屋を彼は書斎として使っていた。

「来たか、あずさ。入れ」

難しい顔をした杉田流星があずさを手招きした。

その言葉に無言で頷いて、あずさは狭い部屋に足を踏み入れ、その片隅、端正な顔を俯かせて座っている城戸孝治の斜め後ろに腰を下ろした。

狭くて冷房のない空間に五人もの男が集っているせいで、部屋の中はムッとするほど暑かった。明かりは机の上の読書灯だけだったから室内は少し薄暗かった。

「今度ばかりは、塾長の判断は間違っていたと思います。死体を勝手に埋めるなんて、どう考えても非常識ですよ。一馬さん、あずさ、そう思いませんか?」

元高校球児の杉田流星が、多数決で棄権をした吉岡一馬とあずさを見つめて言った。彼は興奮のために顔を赤らめていた。

「塾長の判断は、確かに法律に違反することかもしれないけど、でも……綾乃さんをこの島に埋葬してやりたいっていう気持ちもわからなくもないんだ」

いつも笑っている吉岡一馬が、珍しく真剣な顔をして言った。

「俺も塾長の気持ちはよくわかる」

今度は川端隼人が言った。「綾乃はこの島が好きだったからな。でも、流星の言うように、死体を埋めたっていうのは間違っていたと思う。あずさはどう思っているんだ?」

部屋にいる四人がいっせいにあずさに視線を向けた。

「僕には、あの……よくわかりません」

小さな声であずさは答えた。自分の意見を口にするのが、彼は昔から苦手だった。

「でも、今さら通報しても、死体を埋めてしまったっていう事実は変わらないわけだから、やっぱり僕たちは罪に問われるはずですよね?」

城戸孝治が遠慮がちに言った。星優佳里の恋人でもある彼は物静かな性格で、その口調はいつも穏やかだった。

「うん。それが一番の問題だと俺も思う」

四人の男たちを見まわして川端隼人が言った。「俺はこういうことには詳しくないけど、俺たちのしたことは、間違いなく犯罪なんだ」

「警察に通報したら、誰かが逮捕されるんですかね？」

城戸孝治がそう口にした。

「そうなるかもしれないな」

また川端が口を開いた。「もし、塾長が逮捕されたら、魚影塾は存続できなくなるかもしれない」

それを聞いて、あずさはゾッとした。魚影塾がなくなってしまうなんて……受け入れられることではなかった。

「魚影塾がなくなってしまうのは俺だって嫌です。だからこそ、綾乃さんを埋葬することに反対したんです」

杉田が強い口調で言った。「綾乃さんは自殺か事故死なんだから、通報さえすれば誰も罪に問われることはなかったんです。それを埋めてしまうなんて……」

「だけど、もう埋めてしまったからなあ」

川端がまたほかの四人を見まわした。「もし、通報したら、たぶん、魚影塾はなくなるだろう。たとえ存続できたとしても、世間からは白い目で見られるはずだ。だから、流星、ここはみんなで目を瞑るっていうことにしないか？」

「目を瞑る？」

杉田が挑むような視線を川端に向けた。

「ああ。死体を埋める前だったから、俺は警察に通報するべきだと主張した。だけど、今となっては遅すぎるんだ。それはわかるだろ、流星？」

川端が言い、杉田が唇を嚙み締めた。

「僕も綾乃さんを埋めるのに反対したけど、今となっては、川端さんの言う通り、隠し通すしかないと思います」

やはり穏やかな口調で城戸孝治が言った。

「俺もそう思うよ、流星。今回は目を瞑ろう」

吉岡一馬が言い聞かせるような口調で言い、杉田流星が納得できないという顔をしながらも頷いた。

　綾乃の遺体を埋葬した件については口外しないということで話し合いが終わり、みんなが立ち上がりかけた時に、城戸孝治が何気ない口調で言った。

「そういえば、由美さんと一緒に綾乃さんの部屋を片付けていた優佳里から聞いたんですけど……綾乃さんが次に投稿するために書いていた原稿が見つからないらしいんです」

「次に投稿するための原稿？　どうしてそんな原稿を特定できるんだ？　綾乃の書きかけの原稿なんて、いくつもあるんじゃないか？」

　腑に落ちないという顔をして川端隼人が言った。

「ええ。書きかけの原稿はいくつかあったそうですが、由美さんの話だと、綾乃さんが次に投稿しようとしていた物語は、染物屋の夫婦の話らしいんです。でも、その小説が見つからないみたいなんですよ」

「染物屋の夫婦の話？　綾乃は自分の小説については誰にも言わない女なんだけど、由美にはそんな話までしていたのか」

　たいして興味がなさそうな顔をして川端が言い、「綾乃さんと由美さんは仲がよかったから、いろいろと話していたんでしょうね」と城戸が言った。

「ふーん。そうなのか。まあ、その件はあとで、由美に訊いてみるよ」

やはり興味がなさそうに川端が言い、「僕もどうでもいい話だと思うんですが、一応、確かめてみてください」と城戸孝治が言った。

川端隼人と清水由美は、彼女がこの島に来てすぐに恋人の関係になったようだった。

## 13

前夜は星が瞬いていたが、翌朝の空は灰色の雲に覆われていた。風も一段と強くなり、海のうねりも明らかに大きくなっていた。超大型の台風の動きはさらにゆっくりとなっていて、あしたの未明から午前中にかけて、この島に接近する可能性があるようだった。

今朝の塾生はその台風への備えに忙しかった。あずさは上原光三郎と一条千春の三人で畑に出て、作物の支柱を強化したり、早めの収穫作業をしたりした。本来なら畑で働くはずの星優佳里と久保寺和男は別の作業に駆り出されていた。

プレハブの窓ガラスが割れないように補強したり、鶏小屋が飛ばされないようにしたり、桟橋のボートを陸に引き上げたりと、やることはたくさんあって誰もが大忙しだった。

あずさは今、トマトが植えられている場所で千春と並んで作業に勤しんでいた。

前夜、あんな告白をされたので、あずさは千春の存在を何となく意識した。けれど、千春のほうはいつもと変わらなかった。

「このトマト、真っ赤になるまで待ちたいんだけど……でも、吹き飛ばされちゃうと嫌だから、まだ青いところが残ってるけど収穫しちゃうね」

トマトの支柱を強化しているあずさに、千春はいつも通りの笑顔で言った。

「そのほうがいいですね」

竹の支柱を地面に深く突き入れながら、あずさは頷いた。

「この台風、ものすごく大きいみたいね。この様子だと、仔羊島にはしばらくは近づけないかもね」

少し大きな声で千春が言った。風の音がうるさくて、そうしないとお互いの声が聞き取りづらくなっていた。

「このうねりだと、ボートは無理ですね」

「ここだけの話だけど、わたし、ちょっとワクワクしているの」

可愛らしい顔をあずさに近づけて、千春がまた笑った。「作物がメチャクチャにされちゃうのは困るけど、でも、やっぱりワクワクする」

親しげな口調で千春が言い、あずさは「実は、僕もそうです」と言って笑った。

その時、遠くから人が叫ぶ声が聞こえた。塾長の國分の声だった。

「何かあったのかしら?」

真顔になった千春が言った。

すぐにまた、國分の叫ぶ声が聞こえた。千春の言うように、みんなに集まれと言っているようだった。

「行ってみよう」

少し離れたところでゴーヤの支柱を補強していた上原光三郎が言い、畑にいた三人は作業を中断して足早に歩き始めた。


國分がいたのは林の中、沙希のプレハブへと続く小道だった。あずさたち畑当番組が着いた時には、そこにはすでに数人の塾生が集まっていた。塾生たちは誰も、ひどく顔を強ばらせていた。

國分が叫んでいた理由も、塾生たちの顔が強ばっている理由もすぐにわかった。その小道に清水由美が横たわっていたからだ。

ただ事ではないことは明らかだった。仰向けに倒れて目を閉じている由美の首からは、真っ赤な血が流れ出ていたのだ。

「えっ、何これ？　どうして？」

すぐ隣にいた千春があずさの手を握り締めた。

あずさもまた、千春の手を握り返した。目の前の光景がにわかには信じられなかった。

そうしているあいだにも、塾生たちが続々と集まってきた。その中には清水由美の恋人の川端隼人もいた。

恋人の姿を目にした瞬間、穏やかだった川端の顔に驚愕の表情が浮かび上がった。川端は由美に歩み寄り、「由美っ！　由美っ！」と大声で叫びながら、小道に身を横たえている恋人の体を揺り動かした。

けれど、由美はまったく反応しなかった。

「ああっ、何てことだっ！　何てことなんだっ！」

川端がさらに大きな声で叫び、その直後に、横たわったままの由美の胸に顔を伏せ、さらに「由美っ！　由美っ！」と恋人の名を繰り返した。

その時にはすでに、沙希を除く全員がその場に集まっていた。最後に戻ってきたのは杉田流星と吉岡一馬だった。ふたりの顔には笑みが浮かんでいたが、倒れている由美を目にした瞬間にその表情が凍りついた。

誰もが一様に顔を強ばらせていた。星優佳里の目からは涙が流れていた。ふと見ると、あずさの手を握っている千春も泣いていた。

「塾長、何があったんです？」

　上原光三郎が訊いた。

「俺にも……よくわからない。沙希の部屋に行こうとしたら、ここに由美が倒れていたんだ」

　いかつい顔を強ばらせて國分が言った。

「それはいつです？」

「たった今だ……まだ五分とは経っていない。その時すでに……脈はなかった」

　國分が答えた。その唇が震え、声がうわずっていた。

　久保寺和男が横たわっている由美に近づいた。久保寺はそのすぐ脇にしゃがみ込むと、地面に投げ出されている由美の腕にそっと触れた。

「まだ温かいですね。刺されたのはついさっきでしょう。わたしには医学の知識はないけど、誰も悲鳴を聞いていないところを見ると、即死だったのかもしれませんね」

　静かに立ち上がりながら久保寺が言い、國分が唇を噛み締めて頷いた。

　誰もが茫然（ぼうぜん）と立ち尽くしていた。今度は明らかな殺人だった。この島にいる誰かが由美を殺したのだ。この島に今、恐ろしい殺人者が存在しているのだ。

# 第三章

## 1

塾生たちの肩越しに、あずさは倒れている清水由美と、恋人の死体に縋(すが)りついている川端隼人を見つめていた。そんなあずさの手を、一条千春が握り続けていた。

「ああっ、畜生っ！　誰が……いったい、誰がこんなむごいことをしたんだっ！」

顔を上げた川端隼人が、その場にいる者たちを見まわして叫んだ。その目からは大粒の涙が溢れ続けていた。

そんな川端の傍に國分がしゃがみ込み、彼の肩を無言でそっと抱いた。

「由美さんを、最後に見たのは誰かしら？」

悲壮な顔をした小川翠が、塾生たちを見まわして尋ねた。

「もしかしたら、僕かもしれません」

吉岡一馬が名乗り出た。いつも剽軽な彼の顔も今は強ばっていた。「三十分ぐらい前まで、由美さんとふたりで鶏小屋の補強をしていました。その作業が終わったんで、由美さんと別れて栈橋に向かいました。ボートの繋留をしている流星を手伝いに行ったんです」

「一馬と鶏小屋で別れてから、由美はどこに行ったんだ？　見た者はいないか？」

國分が訊いたが、返事をする者はいなかった。

「ほかのみんなは、どこにいたの？」

小川翠が再び塾生たちを見まわした。

「わたしは畑にいました。千春ちゃんとあずさくんが一緒でした」

上原光三郎が言った。

「わたしはいつものように炊事場にいました。今朝はみんなが忙しいから、炊事場にいたのはわたしだけでした」

今度は石橋麗子が言った。涙に潤んだ目が真っ赤になっていた。彼女は清水由美と仲がよかった。

「久保寺さんと翠と隼人、それに孝治と優佳里はどこにいたんだ？」

國分が訊いた。

「わたしたち五人は手分けしてプレハブの窓や雨樋の補強をしたり、飛ばされそうなものがないか調べたりしていました」

五人を代表するかのように小川翠が答えた。「でも、それぞれが別れて作業していたので、ずっとお互いの姿を見ていたわけではありません」

その言葉に、國分が難しい顔をして頷いた。

「ということは、わたしたち五人にはしっかりとしたアリバイがないわけだな」

考えるような顔になった久保寺和男が言った。

「でも、アリバイがないのは、僕たち五人だけじゃありませんよ」

城戸孝治が静かな口調で言った。「流星さんも一馬さんが行くまでは桟橋でひとりだったから、アリバイがないと言えばないですよね？　鶏小屋では一馬さんは由美さんとふたりきりだったから、一馬さんにもアリバイはないと言えます。そうだ。石橋さんは炊事場でひとりだったから、石橋さんにも由美さんを殺すことはできたはずです」

「わたしには由美さんを殺す理由がありませんよ」

怒ったような口調で石橋麗子が抗議した。

「でも、石橋さんは包丁を使っていましたよね？」

今度はまた久保寺が口を開いた。「こっそりと炊事場を抜け出して、鶏小屋から戻ってきた由美さんを、ここで刺すことはできますよね？」

「久保寺さん、妙な言いがかりはやめてください。どうしてわたしが由美さんを刺さなくちゃならないんですかっ！」

目を吊り上げた石橋麗子が口早に言った。

「わたしはただ、可能性のことを言っているだけです。わたしたち五人だけでなく、畑にいた三人以外にはアリバイがない。つまり、塾長や沙希さんを含めたほかの十人には、由美さんを殺すことができたということです」

「この傷は包丁じゃなく、ナイフによるものなんじゃないかな？」

倒れている由美に歩み寄り、首の傷口に顔を近づけた杉田が言った。

「うん。実は、わたしもそう思っていたんだ」

久保寺が杉田の言葉に同意した。「だいたい、炊事場には菜切り包丁が三本あるだけで、先端の尖った刃物はないはずだ」

「きのう、沙希さんが由美さんに向かってナイフを振りまわしたんですよね？　ということは……沙希さんが一番有力な容疑者だと思うんですけど……」

國分を見つめた杉田流星が、少し言いにくそうにそう口にした。

「確かに、流星の言う通りだ。よし、これから沙希の話を聞きに行こう」

悲壮な顔をした國分が言い、みんながいっせいに林の中にある沙希のプレハブに視線を向けた。

## 2

沙希のプレハブに向かう前に、吉岡と杉田、それに城戸とあずさの四人が清水由美の死体を持ち上げて彼女の部屋へと向かった。四人の傍では川端が「畜生。畜生」と繰り返しながら溢れる涙を拭い続けていた。

綾乃に比べると由美は筋肉質だったから、死体もずっと重たく感じられた。由美の首からは今も断続的に血液が滴り落ちていた。

風は刻々と強さを増していた。その風が林の木々の枝を激しくなびかせていた。

由美の部屋は女子のプレハブの二階にあった。二階にある六つの部屋を、由美と翠と石橋麗子が、それぞれふたつずつ使っていた。

由美が寝室として使っていた部屋には、質素な布団が敷かれたままになっていた。壁には國分の字で『涙とともに播くものは歓喜とともに穫らん』と書かれた色紙が貼られていた。それもまた國分が好んで色紙に書いている言葉だった。

川端が薄いタオルケットを捲り上げ、今朝まで由美が寝ていたはずの白いシーツの上に、四人は死体と化した彼女を横たえた。

「犯人は沙希です。こんな刺し傷が作れるのは、あの女が持っているナイフだけです」

由美の首の刺し傷を指さした杉田流星が、怒りのこもった口調で言った。

「僕もそうだと思います」

城戸孝治が同意した。「由美さんは沙希さんに刺し殺されたんだと思います」

「だけど、沙希さん、認めるかな?」

今度は吉岡一馬が言った。

「認めるも何もない。あんな女、拷問してでも認めさせるべきなんだ」

さらに強い口調で杉田が言った。

「もし、認めないなら、その時には……この俺が殺してやる」

タオルケットを恋人の体にかけた川端が、ほかの四人の顔を順番に見つめて言った。その顔が怒りに歪んでいた。

「もしかしたら、綾乃さんを崖から突き落としたのも、あの女かもしれない」

杉田がさらに言葉を続けた。

「その可能性はあるな」

川端が同意し、城戸と吉岡が無言で頷いた。

あずさは何も言わなかった。いろいろなことが立て続けに起こったことで、ひどく動揺していたのだ。


由美の部屋に行っていた五人が戻るのを待って、塾生たちは國分のあとに続いて沙希のプレハブへと向かった。

父である國分がそばにいたから、沙希の悪口をあからさまに口にする者はいなかった。けれど、塾生の多くが沙希のことを、島の平穏を乱す厄介者だと以前から考えていることは、あずさもはっきりと感じていた。

沙希のプレハブは、由美が倒れていたところから数十メートルのところにあった。そのプレハブの窓にはどれも白いレースのカーテンがかけられていて、外から内部を覗き込むことはできなかった。

國分が「沙希。話がある」と呼びかけながら、沙希のプレハブのドアを何度か強くノックした。

中からの返事はなかったが、しばらくすると、金属製のそのドアがゆっくりと開けられた。戸口に立った沙希は、踝までの丈の白い木綿のナイトドレスという恰好をしていた。両肩が剝き出しになったノースリーブのナイトドレスだった。

「こんな早くから、いったい、何なの?」

ひどく刺々しい口調で沙希が言った。その顔には化粧がされていなかったから、まだ眠っていたのかもしれなかった。沙希は朝が苦手だった。

由美に殴られた沙希の左目の周りには、相変わらずくっきりとしたアザが残っていた。左の頰もいまだに腫れ上がっていた。

「由美が殺された」

顔を強ばらせた國分が沙希に言った。

その言葉を耳にした沙希の顔に、驚きの表情が浮かんだ。

「ナイフで首を刺されている。殺したのはお前か?」

國分が娘を見つめて訊いた。

「違う。わたしじゃない。あのあと、あの女とは一度も会ってない」

少し口早に沙希が否定した。気の強そうなその顔も強ばっていた。

「それは本当か?」

國分が娘の顔をまじまじと見つめた。

「わたしは殺していない。わたしはずっとここにいた。たった今まで眠ってた」

「そうか。わかった」

そう言うと、國分が背後に立っている十一人の塾生を振り返った。「みんな聞いたな。沙希はこう言っている」

「沙希さんの言うことを信じるんですか?」

杉田流星が國分に歩み寄った。

「信じるかどうかは個人の判断だが、沙希が殺したという証拠はない」

「でも、由美さんの首の傷はナイフによるものですよ。この島であんなナイフを持っているのは沙希さんだけなんですよ」

杉田が一段と強い口調で國分に言った。

「いいか、流星。少しだけ落ち着いてくれ。俺はもう少し、ここで沙希と話をしていく。みんなはそれぞれの持ち場に戻ってくれ」

塾生たちを見まわして國分が言い、何人かが無言で小さく頷いた。

## 3

塾生たちが立ち去るのを待って、國分誠吾は娘の部屋に足を踏み入れた。

その部屋にはベッドとソファとテーブルが置かれていた。この島でベッドやソファを所有しているのは沙希だけだった。床には幾何学模様の描かれた長方形のペルシャ絨毯が、二枚並べて敷かれていた。どちらも絹製の高価な絨毯で、沙希が結婚する時にねだられて國分が買い与えたものだった。

母親と同じように娘の沙希も綺麗好きで、室内はいつもきちんと片付いていた。部屋の片隅に置かれた大きな陳列棚には、国内外のナイフがいくつも並べられていた。どれも美術工芸品と言っていいような、美しいナイフだった。

この島で暮らし始めるまで、國分もナイフの収集に熱中していた。今は沙希がその趣味を受け継いでいて、陳列棚のナイフの一部はかつて國分が買い集めたものだった。

沙希は口を開けば、島での暮らしの不便さに文句を言っていたし、確かにこの島での生活は不便なことばかりだった。だが、ここで長く暮らしている國分の目には、今いる娘の部屋は別世界のように映った。

沙希が絶え間なく煙草を吸っているせいで室内はひどく煙草臭かったが、そこには仄かな香水の香りが漂っていた。テーブルの上の花瓶には、沙希が摘んで来たらしき百合の花が生けられていた。

「何なの？　勝手に入って来ないでよ」

煙草に火を点けながら、つっけんどんに沙希が言った。

「お前に話したいことがあるんだ」

この島で唯一のソファに腰を下ろしてから、國分は重苦しい口調で言った。

「話って……何なのよ？」

沙希がその大きな目で國分を見つめた。

彼の妻も美しい女だったが、娘の沙希も妻に負けずに美しかった。いや、沙希は母よりさらに美しかった。実の娘であるにもかかわらず、國分は沙希を見るたびに『綺麗だな』と思わずにはいられなかった。

沙希は幼い頃から美しかった。あの頃、國分は娘が自分にではなく、妻に似て生まれたことを神にしばしば感謝したものだった。子供の頃から沙希は気が強くて、父である國分に逆らってばかりいた。だが、そんなところもまた、國分には可愛らしく感じられた。

「これはお前のものだろう？」

國分は肩から下げていた布袋に手を入れ、そこから白い木綿の手ぬぐいに包まれた何かを取り出し、ソファの前のローテーブルに置いた。

「何なの、それ？」

ローテーブルのすぐ傍にしゃがんで沙希が訊いた。

「由美の首に刺さっていたナイフだ」

國分はローテーブルの上の手ぬぐいをゆっくりと広げた。手ぬぐいにくるまれていたのは、刃渡り十五センチほどのナイフだった。柄の部分に七宝焼の装飾が施された美しいナイフだったが、刃の部分には血のようなものが付着していた。それをくるんでいた手拭いにも、変色し始めた血がいたるところについていた。

沙希の顔にハッとしたような表情が浮かんだ。

「これはお前のものだな？」

いかつい顔を強ばらせて國分は訊いた。

「ええ。確かに……わたしのナイフだけど……」

「塾生たちは知らないが、俺が倒れている由美を見つけた時、これが首に突き刺さっていた。お前が……このナイフで刺したのか？」

「違う。それはわたしのナイフだけど、あの女を刺したのはわたしじゃない」

顔を強ばらせた沙希が首を左右に振り動かした。

「それじゃあ、なぜ、お前のナイフが由美の首に刺さっていたんだ？」

「そんなこと知らない。この部屋には鍵がないから、ここには誰でも入れるのよ。その侵入者が、あそこから盗んだのよ」

ナイフの陳列棚を指差して沙希が言った。「そいつはわたしに罪をなすりつけるために、あの女の首にそのナイフを刺したままにしておいたのよ」

「それは嘘ではないんだな？　神に誓えるな？」

國分は娘に挑むような視線を向けた。

「誓えるわ」

はっきりとした口調で沙希が言い、國分はふーっと長く息を吐いた。

沙希はわがままだったし、気の強い女だった。だが、決して嘘つきではなかった。少なくとも、國分はそれを確信していた。

「そうか……だとしたら、このナイフを隠したのは間違いだったかもしれないな」

思案顔になった國分が言った。「俺はてっきり、お前がやったのだとばかり思っていたんだ。それで、みんなを呼ぶ前にとっさに由美の首から引き抜いて、手ぬぐいにくるんで隠してしまったんだ。お前を庇おうとしたんだ」

「馬鹿なことをしたわね」

呆（あき）れたような顔をして沙希が言った。

「ああ。確かに馬鹿なことをした。人間っていうやつは、とっさの時には何をするかわからないものだ。なあ、沙希、これから俺はどうすればいい？」

藁（わら）にもすがるような気持ちで國分は娘に尋ねた。ふたりの塾生が立て続けに死んだことで、いつになく気弱になっていたのだ。

「こんなくだらない団体は、さっさと解散しちゃえばいいんじゃない？」

沙希が突き放したような口調で言った。

「くだらないって……この塾は俺にとってかけがえのないものなんだ」

「ふーん。だったら、自分で考えたら？　こんな時だけわたしに相談するのはお門違いよ。そうでしょう？　子供だったわたしを、お父さんは何の相談もなしに、この島に無理やり連れて来たんでしょう？　だから、今回も、自分のやりたいようにすればいいじゃない」

怒りの表情を浮かべて沙希が言い、國分は無言で唇を嚙み締めた。

# 4

沙希のプレハブを出ると、國分は集会室にすべての塾生を集めた。

ふたりの塾生が立て続けに命を失ったことで、その場にいる全員がひどく動揺していた。ましてや、由美は殺されたのだ。由美を殺害した人物が、今もこの島にいるのだ。動揺するなと言うほうが無理だった。

自分を取り囲むように立っている塾生に向かって、國分は綾乃が自殺した時にすぐに警察に通報しなかったことを謝罪した。さらには、綾乃の死体をこの島に埋葬すると言った自分の判断は間違っていたと詫びた。

非難する者は誰もいなかった。基本的にはすべての塾生が、國分誠吾を慕っていたし、敬愛してもいたのだ。

「台風が去って、波が穏やかになったら仔羊島に行って通報しよう。もちろん、警察には綾乃を勝手に埋葬してしまったことも言うつもりだ」

塾生の顔を順に見まわし、大きな声で國分は告げた。「だが、君たちは何も心配する必要はない。綾乃の件はすべてわたしの責任だ。罰はわたしひとりが受ける」

「あの、塾長……これから先、この塾はどうなるんでしょう?」

小川翠が不安げな顔をして訊いた。

「それはわからない。それより、今は由美を殺した人間を見つけることが先決だ。残念なことだが、犯人はこの中にいるんだ」

いかつい顔に苦悩の表情を浮かべて國分が言った。

「由美を殺したのは、沙希さんじゃないんですか?」

川端隼人が國分に歩み寄り、怒りのこもった口調で言った。

「沙希は違うと言っている」

「塾長はそれを信じるんですか?」

「俺には……沙希が嘘をついているようには見えないんだ。あんな女だが、あいつは嘘をつくような性格じゃないんだ」

言い訳でもするかのように國分が言った。

「それって、親の欲目じゃないんですか?」

川端が國分に挑戦的な視線を向けた。

「そう言われれば返す言葉がない……いずれにしても、警察が調べれば、犯人はわかるだろう。日本の警察は優秀だからな」

「塾長。とにかく、今すぐに仔羊島に渡りましょう」

今度は杉田流星が言った。「これくらいのうねりなら、どうってことありません」

「それはダメだ、流星。こんな時にボートを出すのは危険すぎる」

「大丈夫です。渡れます。俺に行かせてください。そうだ。俺がひとりで行きます。俺には自信があるんです」

國分と向き合うように立った杉田が強い口調で言った。逞しい体をした彼は、塾生の中では一番オールの扱いが巧みだった。

「だめだ、流星。今、ボートを出すことは許さん。これは塾長としての命令だ」

國分が怒鳴るように言い、杉田が納得できないという顔で國分を見つめた。

## 5

間もなく正午だった。いつもなら、その時刻に全塾生が集会室で一緒に食事をとる。けれど、台風への備えはまだ終わっていなかったから、きょうはまずその仕事を再開し、作業を終えた者から食事をすることになった。

集会室を出た塾生たちは、ひどく動揺したまま、それぞれがまた持ち場へと戻った。あずさも上原光三郎と一条千春の三人で畑へと向かった。

「あずさくん、わたし、怖い」

再びトマトの収穫を始めた千春が不安げな顔をして言った。さっきまで泣いていたせいで、その目が真っ赤に充血していた。肩の長さで切り揃えられた千春の髪を、吹きつける風が絶え間なくなびかせていた。

「僕も怖いです」

あずさは頷いた。けれど、それは嘘だった。あずさは子供だった頃から、『怖い』と感じたことがほとんどなかったのだ。

「犯人は本当に……沙希さんじゃないのかしら？」

あずさの顔をまじまじと見つめて千春が言った。

「僕にはわかりません」

「由美さん、あんなにいい人なのに……作家になるためにあんなに頑張っていたのに……それなのに、どうして……どうして殺されないとならないの？」

呻くように千春が言った。その目がまた涙で潤み始めた。

あずさにできたのは、無言で千春を見つめることだけだった。

慌てたような顔をした川端隼人がこちらに走って来たのは、三人が畑に戻って一時間ほどがすぎた頃で、時計の針は午後一時を指そうとしていた。

息を切らせて駆け込んできた川端は、畑にいる三人に、國分の言いつけに背いて杉田流星がボートを出そうとしていると言った。

「それは無茶だ。あっという間に転覆してしまう」

顔を引き攣らせて上原光三郎が言った。

「上原さんから言ってください。流星のやつ、俺の言うことを聞かないんです」

「わかった。すぐ行こう」

そう言うと、上原が作業を中断して川端とともに栈橋へと向かう小道を走り出した。

「わたしたちも行きましょう。こんな時に海に出たら死んじゃう」

顔を引き攣らせて千春が言い、あずさは無言で頷くと、上原と川端の背中を追った。

海はさらにうねりを大きくしていた。海面にはところどころに白波が立っていた。あずさがここに来てから、これほど荒れている海を目にするのは初めてだった。

杉田流星は栈橋にいた。陸に引き上げてあったボートを海に下ろし、今まさに沖へ漕ぎ出そうとしていた。杉田はすでに救命胴衣を身につけていた。

「待つんだ、流星くんっ！　死にたいのかっ！」
揺れるボートに飛び乗った杉田に向かって、上原が叫ぶように言った。「仔羊島に行く
のは、台風が去ってからにするべきだっ！」
「この台風は長く続くんですよっ！　待っていられませんっ！」
杉田が上原に怒鳴り返した。「犯人が沙希じゃないとしても、ここに殺人鬼がいるんで
すっ！　次の犠牲者が出るかもしれないんですっ！　だから、俺は行きますっ！」
「ダメだ、流星くん。こんな時に海に出るなんて自殺行為だっ！」
打ち寄せる波に脚が濡れるのも厭わず、上原がボートに駆け寄り、その縁を両手で握り
締めた。
「上原さん、手を離してください。すぐに通報すれば、きょうのうちに警察が来るはずで
す。そうすれば、すぐにでも殺人鬼が見つかるかもしれない。このぐらいのうねりなら、
絶対に仔羊島に辿り着けます。ボートの扱いには自信があるんです」
「わかった、流星っ！　それじゃあ、俺も一緒に行くっ！」
大きな声でそう言うと、川端隼人がボートに飛び乗った。
「隼人くん、やめろっ！　君まで死ぬつもりなのかっ！」
「流星がどうしても行くっていうなら、俺も一緒に行ってきます。上原さんは塾長のとこ

ろに行って、俺と流星が仔羊島に向かったと報告してください」

「だったら、せめて救命胴衣をつけて行け」

「大丈夫です。俺は水泳部員だったんですよ。上原さん、手を離してください」

川端が言い、上原が顔を強ばらせながらもボートから手を離した。

「川端さん、僕も一緒に行きましょうか?」

あずさは訊いた。漕ぎ手がふたりより三人のほうがいいと思ったのだ。

「いや、あずさは来なくていい」

川端が微かな笑みを浮かべて言った。

「でも、三人のほうがいいんじゃないですか?」

「いや。あまり大勢だと、喫水線が上がって転覆の危険が増すと思うんだ」

「わたしもあずさくんは残るべきだと思う。ここはあのふたりに任せよう」

あずさにそう言ってから、上原がボートに乗ったふたりの男に視線を戻した。「ふたりとも気をつけて行くんだぞ。ダメだと思ったら、すぐに引き返すんだ」

「ありがとうございます。そうします」

川端が強ばった顔に笑みを浮かべた。

すぐにふたりがボートを漕ぎ始めた。うねりは本当に大きくて、小さなボートは右へ左へと大きく揺れた。いつもは一時間ほどで仔羊島に着くが、きょうは漕ぎ手がふたりしかいない上に、海がひどく荒れているから、その倍近くはかかるかもしれなかった。

「気をつけてねっ！　ふたりとも頑張ってねっ！」

手をメガホンにして一条千春が叫んだ。涙が頬を伝っていた。

あずさは離れていくボートを見つめた。ボートの周りには白い波飛沫が絶えず上がっていた。

あずさには信じる神などいなかった。それでも、ふたりが無事に仔羊島に到着することを祈った。

## 6

小川翠は自分の仕事を終わらせ、集会室で食事を始めていた。

仕事のあとでとる食事はいつもとても美味しい。けれど、きょうは食べ物が喉を通っていかなかった。

集会室には石橋麗子のほかに、國分と久保寺和男、それに吉岡一馬と星優佳里がいて、それぞれが黙々と食事をとっていた。

みんなは誰が由美を殺したと思っているのだろう？

さっきから何度も考えていることを、今また翠は考えた。由美は勝ち気な女だったし、自分の考えをなかなか曲げなかったから、誰かと言い争うことが少なくなかった。けれど、翠の知る限りでは、あからさまに彼女を嫌っているのは沙希だけのはずだった。

この集会室で沙希がナイフを振り上げ、由美を切りつけようとしたのを、翠を含む何人かの塾生が間近に目撃していた。だから、塾生たちの多くは沙希を真っ先に疑ったはずだった。沙希は父親に自分は殺していないと断言したようだったが、翠はその言葉を信じているわけではなかった。

石橋麗子の漬けたナスの糠漬けをおかずにご飯を食べながら、小川翠は沈鬱な表情で食事をしている國分誠吾に視線を向けた。

出版社で國分を担当していた頃から、翠は彼を尊敬していた。そして、いつかは自分も彼のように素晴らしい物語を世に送り出したいと切望するようになった。

尊敬していた？

もちろん、そうだ。けれど、國分の担当を続けていくうちに、翠の中にはそれ以上の感情が芽生え始めた。國分誠吾という男に恋心のような感情を抱いてしまったのだ。

いつだったか、珍しく國分が東京にやってきた時、担当編集者だった翠は彼とふたりで食事をした。その後は行きつけのウィスキーバーに行って酒を飲んだ。

あの日の翠は精一杯のお洒落をし、濃い化粧を施し、たくさんのアクセサリーを身につけ、ふだんは履かない踵の高いパンプスを履いていた。その姿を目にした國分が、心を動かしてくれればいいと思っていたのだ。

あの晩は、翠が望んだようなことは何も起こらなかった。けれど、國分に対する翠の気持ちは今も変わっていなかった。だからこそ、やり甲斐のある仕事と安定した収入を投げ捨てて、こんな辺鄙（へんぴ）な島で暮らしているのだ。

魚影塾はこれからどうなってしまうのだろう？　綾乃の埋葬を指示した塾長には、どれほどの罰が与えられるのだろう？

味噌汁の椀にそっと唇をつけてから、今度はそんなことを考えた。

國分が綾乃の遺体をこの島に埋葬しようと言って多数決をとった時、翠は國分の考えを支持した。けれど、それは敬愛する國分を支持しただけであって、あの時から法に触れるようなことをするのは間違いだと思っていた。

國分が重い罪に問われることはないだろうが、一時的には拘束されることになるのではないかと、翠は予想していた。そして、もし國分が留置された時には、彼が不在のあいだは、この自分が塾生たちをまとめていかなくてはならないと考えていた。

上原光三郎と一条千春、それに早野あずさの三人が集会室に戻って来たのは、翠がそんなことを思いながら食事を続けている時だった。

國分のような男に恋心を抱いているのだから、翠は面食いというわけではなく、異性の容姿にはほとんど無関心だった。だが、そんな翠の目にも、早野あずさはとても美しい少年に映った。

「塾長、報告があります。隼人くんと流星くんが仔羊島に向かいました」

食事をしている國分に、島で最年長の上原光三郎が言った。

「何だって？」

箸を動かす手を止めた國分が、ギョッとしたような顔で上原を見つめた。「どうしてそんな無茶をしたんだ？　俺は禁止したはずだぞ」

「わたしたちも止めたんですが、その制止を振り切って、無理やり出て行きました。行くと言い出したのは流星くんで、隼人くんはしかたなく同行した形です」

上原の言葉を耳にした國分が、いかつい顔をゆっくりと左右に振り動かした。

「行ってしまったものは、しかたがない。ふたりが無事に到着することを祈ろう」

國分が呻くかのように言った。

その言葉の通り、今、この島の人間にできることは、ただ祈ることだけだった。

## 7

集会室に戻った一条千春が、上原やあずさと遅い昼食をとり始めるとすぐに、外が一段と暗くなり、やがて雨が降り始めた。

はじめはぽつりぽつりと降っていた雨は、たちまちにして強さを増し、すぐに叩きつけるような本降りになった。最後まで外で仕事をしていた城戸孝治も、ずぶ濡れになって集会室に飛び込んできた。

雨が激しくなるにつれて、風も吹き荒れるようになった。集会室の窓ガラスにバチバチという音を立てて雨が激しく叩きつけていた。雨粒が滝のように流れ落ちる窓ガラスの向こうに、強風に揺れている木々の影がぼんやりと見えた。

石橋麗子の作る食事はきょうも美味しかったが、千春にはそれを味わう心の余裕がまったくなくなっていた。

「隼人くんたち、諦めて引き返してくるといいんだけど」

上原光三郎が心配そうな顔をして言った。川端と杉田を制止できなかったことを、彼は悔やんでいるようだった。

「隼人が一緒だから、危険は冒さないと思うんだが……」

千春たちのすぐそばに座っている國分が難しい顔をして言った。

もし、沙希さんが犯人じゃないとしたら、この中に由美さんを殺した人がいるんだ。

千春は無言で集会室を見まわした。そこには今、千春を含めて十人の人間がいた。

久保寺和男が言ったように、千春と一緒に畑にいた上原とあずさの三人にはアリバイがあった。けれど、ほかの七人には千春たちほどしっかりとしたアリバイはなかった。たった今、ボートを漕いで仔羊島に向かっているはずの川端と杉田にも、誰にも見られていない空白の時間があった。自分のプレハブにいるらしい國分沙希には、アリバイと言えるようなものはまったくなかった。

由美が殺されたと聞いた時、千春は沙希の仕業だと考えた。けれど、もし、沙希が無実なのだとしたら、犯人の見当はまったくつかなかった。

この島の最高責任者である國分誠吾と、その補佐役の小川翠が犯人だとは思えなかった。川端隼人が恋人を殺すとは考えられなかったし、正義感が強い杉田流星が犯人だとも考えにくかった。

温厚な性格で、声を荒立てることなど決してない城戸孝治と、その恋人の星優佳里も人を殺せるようには見えなかった。女子の最年長で料理長の石橋麗子も、殺人を犯すような人間には思えなかった。

だとしたら……残るは、久保寺和男と吉岡一馬のふたりだけだった。

吉岡一馬は誰にでも愛想がよかったし、誰とも仲良く話していたが、清水由美とだけはそれほど親しくないように感じられた。いつだったか、由美が吉岡のことを『軽い男』と、蔑んだような口調で言っているのを千春は耳にしていた。吉岡はいつも冗談を言って笑っていたが、その笑顔の裏側に何かが隠されているように感じられて、本音を言えば、千春も彼をあまり好きにはなれなかった。

自分の考えを曲げることが好きではないらしい久保寺和男も、由美とはしばしば対立していた。少し前に、彼の書いた小説を読んだ由美が、『基本ができていない』というような批判をしたことがあって、その時にふたりは激しく口論し、最後は怒鳴り合いの喧嘩になって小川翠が止めに入ったものだった。

それでも、このふたりにも由美を殺す動機があるようには思えなかった。

箸を動かす手を止めて、千春はすぐそこで食事をしているあずさの顔を見つめた。

容姿が美しいか、そうでないかは、人にとってそれほど重要なことではない。

千春はずっとそう思い込んでいた。

けれど、あずさを一目見た瞬間に、それは間違っていたのかもしれないと感じた。

それ以来、千春は頻繁にあずさに視線を向けていた。そんな経験をしたのは生まれて初めてだった。

「あずさくん、元気がないね」

千春はあずさにそう声をかけた。

あずさは無口で、いつもそれほど明るいわけではない。けれど、きょうの彼はいつにも増して思い詰めたような顔をしていた。

「すみません。いろいろ考えちゃって」

あずさが千春のほうに視線を向けた。その顔はゾッとするほどに美しかった。


ずぶ濡れになった川端隼人が集会室に駆け込んできたのは、食事を終えた千春が女子のプレハブに戻ろうとしている時で、時計の針は午後二時半を指そうとしていた。

「塾長、ボートが転覆して沈没しました」

國分に歩み寄った川端が、引き攣った顔をして言った。「流星とふたりで海に放り出されて……何とか泳いでこの島に戻ろうとしたんですが……その途中で……流星を見失ってしまいました。申し訳ありません」

川端が國分に向かって深々と頭を下げた。

その瞬間、意思とは無関係に千春の全身が震え始めた。

「何ということだ。いったい、何があったんだ？」

國分がカッと目を見開き、呻きをあげるかのように言った。

「大きな横波が来て、ボートがあっという間にひっくり返されたんです」

全身から水を滴らせながら川端が言った。長く泳いだあとで、ここまで走ってきたのだろう。その息がひどく弾んでいた。

「転覆したのは……どの辺りだ？」

「沖合五百メートルくらいの場所だったように思います」

視線をさまよわせて川端が言った。その顔には悲壮な表情が張りついたままだった。

千春は目に涙を浮かべて震え続けていた。その震えを止めることが、どうしてもできなかった。千春のすぐ隣では、あずさがその美しい顔をひどく強ばらせていた。

「五百メートルか……遠いな。流星は救命胴衣をつけているのか？」

少しの沈黙のあとで、國分がまた口を開いた。

「俺はつけていませんでしたが、流星はつけていました」

「そうか。だとしたら……戻ってくると信じよう」

苦しげな顔をした國分が絞り出すかのようにそう口にした。

「すみません、塾長。流星を止められなかった俺の責任です」

川端隼人がまた國分に深く頭を下げた。

「隼人、お前のせいじゃない」

國分が両手を伸ばし、川端の肩を強く摑んだ。

その言葉を耳にした川端が唇を強く嚙み締めた。

## 8

すぐに國分が城戸孝治とあずさのふたりに、杉田を捜しに行くようにと命じた。それでふたりはゴム製の雨ガッパを着込み、それぞれが浮き輪を持って桟橋へと向かった。

泳ぎが得意な川端隼人が自分も行くと申し出たが、國分から体を休めるように命じられてそれに従った。

ボートが出て行った時に比べても、風と雨はさらに強くなり、海は一段と荒れていた。

切り立った岸壁に大波が絶えず打ち寄せ、砕けた波が巨大な飛沫となって、凄まじい音とともに高々と舞い上がった。塩辛いその飛沫が強風にあおられ、離れた場所にいるあずさたちにも容赦なく降りかかった。

あずさは双眼鏡を手に海面を見つめ続けた。もし、杉田流星の姿が見えたら、海に飛び込んで救助に向かうつもりだった。水泳が得意ということではなかったが、あずさは小学生の時に父に言われてスイミングスクールに通っていた。

けれど、いくら見つめていても、見えるのは荒波の立つ海面ばかりで、杉田の姿はどこにも見えなかった。叩きつけるように降る雨のせいで視界が悪く、今は仔羊島の島陰さえまったく見えなかった。風雨がこんなに激しいというのに、何羽かの海鳥が低く高く飛んでいた。

乾いた布でいくら拭っても、双眼鏡のレンズは吹きつける雨でたちまち見えづらくなってしまった。その布も、いつの間にかぐっしょりと湿っていた。

「ダメだ。どこにもいない」

いつも静かに話す城戸が大きな声で言った。そうしないと、声が波音に掻き消されてしまうからだ。

そうしているうちにも、風雨は激しさを増しているように感じられた。それはまさに荒れ狂うという感じで、真っすぐに立ち続けていることさえ簡単ではなかった。

「あっ」

双眼鏡を覗き続けている城戸が叫んだ。

「いたんですか?」

あずさは大声で訊いた。

「いや。違った。見間違いだった。すまん、あずさ」

あずさに顔を向けた城戸が謝罪した。

あずさは無言で首を左右に振り動かした。そして、絶望感が少しずつ大きくなっていくのを感じながらも、再び双眼鏡を覗いて、いたるところに白波の立っている海面を見つめ始めた。


海辺に来て一時間ほどがすぎた時、雨ガッパを着込んだ吉岡一馬と星優佳里が桟橋にやって来た。

「孝治っ、あずさっ、どうだっ?」

吉岡が大声で訊き、城戸孝治が首を左右に振り動かした。気温が低いわけではなかったが、絶えず飛沫を浴びているために唇が紫色になっていた。

あずさも細かく震えていた。雨ガッパを着込んではいたが、風があまりにも強いせいで、どこかから雨が吹き込んできて、今では衣類がかなり湿っていた。

「こんな時にボートを出すなんて、やっぱり、無茶だったんだな」

暗い顔をした吉岡が言った。

「わたしたち、塾長に言われて来たの。交代しましょう。こうちゃんとあずさくんは集会室に戻って」

星優佳里が言った。彼女も高校の時まで水泳部に所属していたということだったが、華奢な彼女が大きな杉田を抱えて陸に戻ってくるのは難しそうにも思えた。

「あずさくん、集会室に戻って。それを貸して」

優佳里が言葉を続け、あずさは無言で頷くと双眼鏡と浮き輪を彼女に手渡した。

杉田さんとは二度と会えないかもしれない。

そう思うと、胸が押し潰されてしまいそうだった。

城戸と一緒にあずさが集会室に戻ったのは、間もなく午後四時になろうという頃だった。

集会室には沙希もいた。誰もが沈痛な面持ちで押し黙っていた。

「杉田さんは見つかりませんでした」

城戸が沈んだ声で國分にそう報告した。

「そうか。孝治もあずさも、ご苦労だったな」

國分がふたりをねぎらった。けれど、強ばった顔に笑みはなかった。

重苦しい沈黙が集会室を支配した。日没までにはかなりの時間があったが、窓の外は夕暮れ時のように暗かった。

あずさは何度となく沙希に視線を向けた。沙希は部屋の片隅で、断続的に煙草を吸っていた。誰もが暗い顔をしている中で、沙希だけが平然としていた。

國分が重苦しい口調で杉田の捜索を打ち切ると宣言したのは、午後五時になろうとしていた時だった。その言葉に異を唱える者は誰もいなかった。

「孝治、たびたびで悪いが、桟橋に行って、優佳里と一馬を呼んで来てくれ」

「塾長、すみません。俺のせいです」

苦しげに顔を歪めた川端隼人が國分に頭を下げた。

「いや、責任は俺にある。綾乃が自殺した時、すぐに通報しなかった俺が悪いんだ」

疲れ切った顔の國分が言い、川端が無言で唇を噛み締めた。

「わたし、ちょっとお父さんに話したいことがあるの」

それまで黙っていた沙希が口を開いた。

「話？　何だ？　ここで話してみろ」

國分が娘を見つめた。その目が真っ赤に充血していた。

「ふたりだけで話したいの。上に行かない？」

鮮やかなマニキュアの光る指で、沙希が天井を指差した。

「わかった。俺は沙希と二階で話してくる。優佳里と一馬が戻ってきたら、みんなも自分の部屋に戻っていいぞ」

國分が塾生たちに言うと、沙希とふたりで雨ガッパが掛けられている部屋の片隅へと向かった。

二階にある國分の部屋に行くためには、外にある鉄製の階段を使わなくてはならなかった。階段の上には屋根があったが、横殴りの雨の中では役に立ちそうもなかった。傘もさせなかったから、雨ガッパを着込む必要があった。

# 9

料理長の石橋麗子と、夕食当番の千春とあずさの三人を集会室に残して、塾生たちはそれぞれの部屋へと戻った。本当は久保寺和男も当番だったが、腰痛がひどいと訴えて当番を免除されていた。

「この塾はどうなっちゃうんだろう?」

包丁を動かす手を止めて、石橋麗子が千春とあずさを見つめた。

あずさは唇を嚙み締めた。この島の暮らしを失うことなど考えたくなかった。

「大丈夫ですよ。魚影塾はなくなったりしませんよ」

千春が言った。ずっと涙ぐんでいたために、今も目が真っ赤に充血していた。

「わたしもそう思いたいわ」

思い詰めたような顔で石橋麗子が言った。

食事の支度が終わっても三人は集会室に残り、ひとつの読書灯を囲むようにして本を読んだ。自室のあるプレハブはすぐそこだったが、風雨がさらに強くなっていたから、そこまで行くのも億劫(おっくう)に感じられたのだ。

日没の時刻がすぎたようで、窓の外は真っ暗になっていた。けれど、三人は天井のライトを灯さなかった。島での電力はソーラーシステムに頼っていたが、こんな天気では新たな発電は望めないから、できるだけ節電をしなければならなかった。

あずさは千春と肩を寄せ合うように座り、集会室にあった國分の著書のひとつを読み始めた。だが、いろいろな思いが頭をよぎり、物語に集中することができなかった。

この島から出て行くことになったら、どうしていいのか、まったくわからなかった。かつてのあずさは自暴自棄に生きていたから、性の奴隷としての暮らしにも耐えられた。けれど、今では、あの頃の生活に戻ることを思うとゾッとした。

石橋麗子も千春も本に視線を落としていたが、ふたりは時折、小さな溜め息をついていた。彼女たちもきっと、いろいろなことを考え続けているのだろう。

誰も話さなかったけれど、集会室はうるさかった。雨と風はさらに激しさを増していた。一際強い風が吹き抜けた瞬間には、木がなぎ倒されたような音が聞こえ、テープで補強した窓ガラスが内側にたわみ、プレハブの建物全体が揺れて軋んだ。

午後八時が近くなり、食事のために塾生たちが集会室に集まり始め、食事当番の三人は碗にご飯を盛りつけたり、味噌汁を注ぎ入れたりと忙しかった。杉田流星がいないから、今夜は國分を含む十一人で食事をすることになるはずだった。

島に残っているすべての塾生が集会室に集まっても、國分だけが姿を現さなかった。

「塾長、まだ沙希さんと話をしているのかしら？　あずさくん、こんな天気の時に悪いんだけど、ちょっと声をかけてきてくれる？」

石橋麗子が言い、あずさは二階にいるはずの國分を呼びに行くために、まだ濡れている雨ガッパを着込んだ。

## 10

二階へと続く鉄製の外階段には、凄まじいまでの風雨が吹きつけていた。あずさは錆びついた手すりを握り締め、足元に気をつけながら二階にある國分の部屋に向かった。

林の木々が絶え間なく強風にあおられている音が聞こえたし、枝が折れるような音もした。荒れ狂う波の音も聞こえた。それらの音に負けないように、ドアの前に立ったあずさは國分の部屋のドアを強くノックした。

「塾長、食事の用意ができました」

しばらく待ったが、ドアの向こうから返事はなかった。

自分の声が聞こえなかったのかと思い、あずさはさらに大声で呼びかけながらノックを続けた。だが、やはり返事はなかったし、ドアが開けられることもなかった。

しかたなく、あずさはドアを開いた。その瞬間、全身を凄まじいまでの衝撃が走り抜け、頭の中が真っ白になった。

あろうことか、その部屋の床に、頭から血を流した國分が倒れていたのだ。

「塾長っ！　塾長っ！」

あずさは顔を引き攣らせて室内に駆け込み、俯せになっている國分の体を揺り動かした。だが、國分はまったく反応しなかった。

パニックに襲われながらも、あずさは國分を仰向けにさせ、シャツの上から左の胸に耳を押しつけた。体はまだ温かかったけれど、心臓の鼓動は聞こえなかった。呼吸もしていないようだった。

「あわわ……あわ……あわわわ……」

意味をなさない声を漏らしながら、あずさは國分を茫然と見つめた。

國分の頭頂部は完全に割られていて、そこから頭蓋骨の一部と脳のようなものが見えていた。傷口から溢れ出た多量の血液が、板張りの床に今も広がり続けていた。

# 第四章

## 1

あずさは外階段を駆け降りて集会室に飛び込むと、ひどく声を上ずらせて二階で起こったことを塾生たちに知らせた。

その瞬間、全員が声を失った。

「嘘……だろう」

驚愕した表情の川端隼人が震える声で言うと、真っ先に集会室から飛び出した。

さらに数人が雨カッパを着込まずに二階へと向かった。残った者たちは部屋の片隅に吊るされた雨ガッパを慌ただしく着込んだ。

「わたしは沙希さんを呼んでくる」

素早く雨ガッパを身につけた小川翠が、近くにいたあずさに言った。

あずさは一瞬、小川翠と一緒に沙希のプレハブに行こうかと思った。父の死を聞かされた沙希がパニックに陥るのではないかと思ったのだ。だが、そうはせずに再び二階へと駆け上がり、塾生たちの背後から死体になった國分を見つめた。

「凶器は斧かナタみたいな刃物じゃないかな。下にいたわたしたちには争ったような音は聞こえなかったけれど、この風の音じゃ、たとえ物音がしたとしても聞こえなかったのかもしれないな」

國分の頭のすぐ近くに蹲っていた久保寺和男が、塾生たちを見まわして言った。久保寺も茫然としているようで、その顔にはほとんど表情がなかった。

「この島には斧はないけど、薪を割るナタならあるな」

沈痛な面持ちの上原光三郎が言い、吉岡一馬が「確かに、ナタはあります。薪割り場にまだあるかどうか、俺が行って見てきます」と言って部屋を飛び出していった。

「畜生……誰が……いったい、誰がこんなむごいことをしたんだ……どうして塾長が殺されなくてはならないんだ……いったい……どうしてなんだっ！」

目を潤ませた川端隼人が吠えるかのように言った。

「ああっ、もういやっ！」

あずさのすぐ脇にいた星優佳里が小さく叫ぶと、両手で顔を覆って啜り泣いた。その細い肩を、悲痛な顔をした城戸が抱いていた。

これからはもう、塾長の新作を読むことはできないんだ。犯人はひとりの人間を殺したというだけでなく、今後、塾長が世に出すはずだったすべての作品を葬り去ったんだ。

あずさは頭の片隅で、そんなことを考えていた。


そうするうちに、小川翠と一緒に沙希が姿を現した。雨ガッパを着ていない沙希はずぶ濡れになっていて、長い髪が頬や額に張りついていた。

呻くような声を漏らしながら、沙希は倒れている父親に近づき、その傍に崩れ落ちるかのように蹲った。

「ああっ、お父さん……お父さん……」

雨に濡れた顔をぶるぶると震わせて、沙希がそう繰り返した。

あずさは拳を握り締めた。いつも気丈な沙希の、そんな姿は見ていられなかった。

「誰が殺したのっ！」

顔を上げた沙希が、挑みかかるかのような目つきで塾生を見まわした。「誰がやったのっ！　名乗り出なさいっ！」

半狂乱のようになって沙希は叫び続けた。

「落ち着いて、沙希さん。この中に犯人がいるのよ。挑発するようなことは言わないほうがいいと思う」

沈痛な顔をした小川翠が言い、沙希が顔を歪めて歯を嚙み締めた。


やがて、薪割り場に行った吉岡が戻ってきた。

「ナタはありませんでした。誰かが持ち出したんです」

「わたしと千春ちゃんとあずさくんは、調理場で食事の支度をしていました。三人でずっと一緒にいました。だから、わたしたちは犯人ではありません」

石橋麗子が即座に言った。

けれど、その言葉が正確ではないのをあずさは知っていた。三人で調理をしている途中で一度、石橋麗子はトイレに行くと言って雨ガッパを着込み、五分ほど姿を消したことがあった。

「わたしは自分の部屋にいたけど、ほかのみんなはどこにいたの？」

自分以外の十人を見まわして小川翠が訊いた。

「俺も自分の部屋にいました」

川端隼人が答え、ほかの塾生たちも同じような返答をした。

「ということは、石橋さんたち以外の八人には、アリバイがないということになるな」

久保寺和男が疲れ切ったような顔で言った。「だけど、わたしは塾長が好きだから、成功していた仕事を捨ててこの島に来たんだ。わたしには塾長を殺す理由がどこにもない。おまけにわたしは魚影塾のために多額の支援をしているんだ。犯人であるはずがないでしょう？」

「久保寺さん、それはみんな同じです。みんな塾長を慕ってここに来たんです」

上原光三郎が諭すように言い、数人の塾生が頷いた。

「考えたくないことだけれど、この中に殺人鬼がいるのよ。そいつは今もここにいて、この話を聞いているのよ」

顔を強ばらせた小川翠が言った。「だから、みんな……特に女子は、ひとりきりにならないようにしましょう。沙希さんもね。いいわね？」

「わたしに命令しないでっ！　わたしはあんたたちの仲間じゃないんだからっ！」

父の死体の傍に蹲っている沙希が、食ってかかるかのように言った。「わたし以外の誰かが父を殺したのよっ！　わたし以外の十人がやったのよっ！」

「沙希さん、こんな時に、こんなことは言いたくないけど……この部屋で最後に塾長と一緒にいたのは、沙希さんよね？」

　小川翠の言葉を耳にした沙希の顔に、怒りと苛立ちの表情が現れた。

「わたしが父を殺したとでも言うの？」

「そうは言っていないけど……でも、最後に一緒にいたのは沙希さんでしょう？　沙希さんはどのくらいのあいだ、ここにいたの？　」

「わたしが父と話していたのは……そうね。たぶん……十五分か二十分ぐらいだったと思う」

「その時、塾長の様子に、何か変わったことはなかった？」

「憔悴（しょうすい）していたけど、特別なことはなかったと思う」

　沙希が答えた。その顔には今も怒りが浮かんでいた。

「沙希さん、塾長と何を話していたの？」

「尋問するのはやめてっ！　わたしが父を殺すはずないでしょっ！」

「だったら、塾長と何の話をしていたのか説明してください」

「あなたの質問に答える義務はないわっ！」

ヒステリックに沙希が叫んだ。

「わかった。こんな時に口論はやめましょう。とにかく、この台風が去るのを待つしかないわね。台風が去ったら、筏(いかだ)を作って仔羊島に助けを求めに行きましょう」

塾生たちを順番に見まわすようにして翠が言った。

「そうですね。そうするのが一番ですね」

川端隼人が言い、また数人が頷いた。


何人かの塾生が、國分の遺体を布団に寝かせてやろうと提案した。けれど、小川翠がそれをやめさせた。警察官が来た時のために、遺体は動かすべきでないというのが彼女の考えだった。

それで床の上の國分の遺体はそのままにして、みんなで集会室へ降りることにした。これからのことを話し合うためだった。

その行動を仕切ったのも小川翠だった。リーダーが死んだ今、その補佐役だった自分がしっかりとしなければならないと、翠は考えているようだった。

「沙希さん、あの……」

父の遺体のそばに蹲っている沙希に、あずさは声をかけた。

あずさの言葉を耳にした沙希がゆっくりと顔を上げた。今はすべての塾生が階下に降り、二階に残っているのは沙希とあずさのふたりだけになっていた。

「実は、思い当たることがあるの」

真っ赤になった目であずさを見つめた沙希が言った。

「思い当たることって……犯人のことですか?」

「うん。でも、あの……もう一度、ゆっくりと考えたいから……あとでわたしの部屋に来て。ここに長くふたりでいると、みんなに怪しまれるわ」

「わかりました。あの……沙希さん、大丈夫ですか?」

あずさは沙希の顔をじっと見つめた。

「大丈夫かどうかはわからない。でも、気遣ってくれて、ありがとう」

顔を歪めるようにして沙希が笑った。その目からまた涙が溢れ出た。

## 2

強風が吹きつけるたびに窓ガラスがたわみ、プレハブの建物が軋むような音を立てて揺れた。

集会室に降りた十人の塾生は、誰もがひどく顔を強ばらせていた。そんな塾生たちを、あずさは茫然と見まわした。星優佳里と一条千春は啜り泣いていた。

「これからどうしよう?」

久保寺和男が重苦しい口調で言った。

その言葉は、あずさの中で今まさに、ぐるぐるとまわっていたものだった。國分が死んだ今となっては、魚影塾が存続できる見込みは皆無になってしまった。ここでの暮らしが奪われたら、どうやって生きていけばいいのかわからなかった。

「女子はみんなでプレハブの二階に行きましょう」

小川翠が提案した。「ドアに鍵はないけど、何か工夫をして外から男たちが入れないようにするのよ。そうすれば安心よ」

「小川さん、犯人は男だって、どうしてわかるんです? 四人の女の中に殺人鬼がいたら、どうするんです?」

吉岡一馬が言った。「朝になったら、プレハブの二階で三人の女たちが殺されていた、なんてこともあるかもしれませんよ」

「その通りだ。小川さんと優佳里ちゃんにはアリバイがないからな」

今度は久保寺が口を開いた。

「わたしか優佳里が犯人だって言うんですか？」

いつも落ち着いている小川翠が珍しく気色ばんだ。

「その可能性が否定できないって言っているだけのことです」

「わたしは翠さんの言う通りにしたい」

一条千春が小声で言った。「わたしは翠さんと優佳里さんを信じてる。石橋さんのことも信じてる。だから、この四人で一緒にいたい」

「わたしもそうしたい。女性四人で二階に閉じこもりたい」

今度は星優佳里が言葉を発した。

「石橋さんはどう？」

小川翠が石橋麗子を見つめた。

「それぞれの部屋も確かめて、危ないものを誰も持っていないことがちゃんとわかったら、わたしもそうしたいです」

石橋麗子が言い、小川翠がほっとしたような顔で頷いた。

「男性陣はどうしよう？　女性たちは、犯人は男だと思い込んでいるらしいけど」

今度は上原光三郎が口を開いた。

「そうだな。男子もやっぱり、同じ部屋にいたほうがいいと思う」

　思案顔になった久保寺和男が言った。

「僕もそう思います」

　今度は城戸孝治が意見を述べた。「犯人が男か女かはわからないけど、この集会室で一緒にいるのが一番安全だと思います」

「それじゃあ、多数決を取ろう」

　室内をゆっくりと見まわして久保寺和男が言った。「少なくともあしたの朝まで、男たち全員がこの部屋ですごしたほうがいいと思う人は手を挙げてください」

　その言葉にあずさ以外の全員が挙手をし、あずさも慌てて手を挙げた。沙希から部屋に来るように言われていたけれど、あとで説明すればわかってもらえるはずだった。

「それじゃあ、決まりだね」

　上原光三郎が静かな口調で言った。「わたしは布団が欲しいけど、この雨じゃあ、布団を取りに行くのは諦めるしかないね」

「そうですね。俺も布団が欲しいけど、しかたありませんね」

　久保寺が言い、あずさ以外の全員が頷いた。

## 3

突風が窓ガラスを突き破ったのは、四人の女たちが集会室を出て行って三十分ほどがすぎた頃だった。最初に南側の一枚が割れて室内に吹き飛び、その直後にすぐ隣の窓ガラスが割れたのだ。

割れたふたつの窓から、ガラス片と一緒に猛烈な風雨が、ゴーっというものすごい音とともに集会室に押し寄せて来た。

凄まじい勢いで吹き込んできた風雨が、様々なものを吹き飛ばし、なぎ倒し、メチャクチャに散乱させた。床はたちまちにして水浸しになった。

男たちにできたのは、風雨の直撃を避けられる場所に移動して、室内の惨状を茫然と見つめることだけだった。

窓が割れた直後に、屋外のトイレに行っていた川端が集会室に駆け込んできた。

「何があったんです?」

川端が怒鳴るかのように尋ねた。だが、室内の様子を見れば、何が起きたのかは一目瞭然だった。

「どうします、久保寺さん？」

雨に濡れた顔を腕で拭いながら吉岡一馬が口を開いた。吹き込んできた風雨が室内で渦を巻いていたので、どこにいようとそれを完全に避けることは不可能だった。

「何か、板みたいなもので、外側から窓を塞いだらどうだろう？」

久保寺もまた大声で答えた。

「それは危険です。風が強くて、トイレに行くのさえ危ないほどでした」

トイレから戻ってきた川端が反論した。「俺たちのプレハブに移動しましょう。今はそれしかありません」

「わたしもそうするのがいいと思う」

上原が賛同し、男たちは集会室を放棄することにした。


男子のプレハブに移動した六人は、誰も凶器を持っていないことを確かめあってから、それぞれの部屋にも凶器になるようなものがないことを入念に確認しあった。

「それじゃあ、みんな朝まで自分の部屋ですごすことにしましょう」

憔悴しきった顔の川端が言い、彼と上原と久保寺は外階段を使って二階へ上がって行った。城戸と吉岡とあずさの部屋は一階だった。

　このふたりのうちのどちらかが殺人鬼なのだろうか？

　あずさは思った。

　川端隼人が恋人の由美を殺したとは考えにくかったし、高校教師だった上原光三郎や、國分に心酔して魚影塾に多額の寄付を続けている久保寺和男も犯人だとは思えなかった。けれど、だからと言って、物静かな城戸孝治が犯人だとも考えにくかった。剽軽でいつも明るい吉岡一馬もそうだった。

　だとしたら、犯人は誰なんだろう？

　そこまで思ったところで、急に考える気力が失せた。魚影塾の消滅が確定的になった今となっては、何もかもがどうでもいいことに思えた。

## 4

　凄まじい風雨が続いていた。沙希のプレハブは林の中にあったから、木々の枝が暴力的に擦れ合う音が絶え間なく耳に飛び込んできた。時折、折れた枝が大きな音を立ててプレハブの壁にぶつかった。

沙希が子供だった頃にも、ものすごい台風に見舞われたことが何度かあった。あの時には怖くて、怖くて、自分をこんな島に閉じ込めている父を恨んだものだった。

その父ともう二度と会えないという事実を受け入れられず、沙希はソファに座って断続的に煙草を吸い、グラスの中のウィスキーを飲み続けていた。沙希はすでに白い木綿のナイトドレスを身につけていた。

子供の頃だけではなく、沙希は今でも父のことを恨んでいた。こんな辺鄙なところにさえ来なければ、母は死なずに済んだとも思っていた。

だが同時に、沙希は父を愛していた。父は沙希を甘えさせてくれる、この世でただひとりの人だった。

父は塾生にも敬愛されていたはずだった。だからこそ、塾生たちはこんな辺鄙なところに集まって来たのだ。

けれど、あの中の誰かが、今夜、間違いなく父を殺害したのだ。

沙希には今、その男が誰であるのか、ある程度の予想がついていた。その男が水原綾乃を断崖から突き落として殺害したのだとも考えていた。

綾乃の死体が見つかった前の晩、あずさとの情事のあとで、『丘の上』と呼ばれる場所に涼みに行った沙希は、そこに先客がいるのを目にした。綾乃とあの男だった。

あの晩のふたりは落ち着いた口調で静かに話していて、決して言い争っているようには見えなかった。だが、翌朝、断崖の下で綾乃の死体が発見された時、沙希は真っ先にあの男の顔を思い浮かべた。綾乃はあの男に突き落とされたのだと思ったのだ。

けれど、今夜、父の部屋でそれを父に告げるまで、あの晩のことを口にしたことは一度もなかった。塾生の誰が誰を殺そうと、自分には関係のないことだと思っていたのだ。

だが、それは間違いだったかもしれないと、今、沙希は思い始めていた。あの晩、『丘の上』と呼ばれる場所であのふたりの姿を見たことを、もっと早く父に伝えるべきだったのだ、と。

部屋のドアが開けられたのは、沙希が灰皿の中で煙草の火を消した時だった。

あずさが来たのだと思った。だが、ドアを開けたのはあずさではなく、沙希が犯人ではないかと疑っている男だった。

「何なのっ！　何をしに来たのっ！」

雨ガッパを着込んだ男に向かって沙希は叫んだ。

男は返事をする代わりに、沙希を見つめて不気味に笑った。

沙希はとっさにナイフの陳列棚へと向かって走った。けれど、そこにたどり着く前に、男の手が長く伸ばした沙希の髪を背後から鷲掴みにした。

自分の二本の脚がふわりと宙に浮かんだのが見えた。その直後に、沙希は床の上に背中からしたたかに叩きつけられた。

## 5

床に仰向けに押さえ込んだ沙希の腹部に馬乗りになり、男は渾身の力を込めて細くて長い首を絞め続けた。指の一本一本が柔らかな皮膚に深く沈み込み、親指の先端が喉仏を圧迫しているのがはっきりと感じられた。

沙希はカッと目を見開き、その美しい顔を恐怖と苦しみに歪め、両手で男の手首を握り締め、二本の脚を猛烈にばたつかせていた。その沙希の顔に、男の雨ガッパのフードから雨水が滴り落ちていた。

沙希の口からは声が漏れていた。けれど、その声を掻き消すほどの凄まじいまでの風の音が続いていた。

沙希は必死の抵抗を続けていた。だが、やがてその体から力がすーっと抜けていった。開いていた目が閉じられ、男の手首を握り締めていた手が床に投げ出された。

けれど、男は力を抜かず、沙希の腹に馬乗りになったまま、なおもその細い首を夢中で絞め続けた。

水原綾乃を断崖から突き落とした時は恐ろしかった。清水由美の首にナイフを突き立てた時も恐ろしかった。けれど、國分の頭にナタを振り下ろした時には、それほどの恐ろしさは感じなかった。

そう。男はすでに、人を殺すことに慣れ始めていたのだ。

ようやく男は沙希の首から、引きちぎるかのように両手を離した。ほっそりとした沙希の首には彼の手の跡が赤黒いあざとなって、くっきりと残っていた。

乱れた呼吸を整えながら、男は目を閉じた沙希の顔に震える掌を近づけた。

沙希は呼吸をしていなかった。

今度は小ぶりな乳房に押し上げられたナイトドレスの上から、左の胸に耳を押し当てた。

心臓の鼓動は聞こえなかった。

そう。國分沙希は死んだのだ。父と同じ日に殺されたのだ。

乱れた呼吸が落ち着くのを待って、男は床に横たわっている沙希の体を両手で抱き上げ、この島にある唯一のベッドへと運んだ。そして、激しく胸を高鳴らせながら、白い木綿のナイトドレスの裾を尻のところまで捲り上げ、沙希の上半身を抱き起こすようにしてそれを剝ぎ取った。沙希の臍ではハートの形をした金のピアスが光っていた。

沙希はナイトドレスの下にエメラルドグリーンの洒落たブラジャーと、同じ色の小さなショーツを身につけていた。いまだに震えている右手を伸ばし、男はそのブラジャーを押し上げた。

沙希の乳房は思春期を迎える前の少女のように小さかったけれど、しっかりと張り詰めていて形がよかった。毎日のようにビキニ姿で日光浴をしているために、その乳房には日焼けの跡が鮮やかに残っていた。

背中のホックを外してブラジャーを剝ぎ取ってから、男はショーツに手を伸ばし、左右の紐を解いてそれを下半身から取り除いた。

初めて目にする沙希の全裸を、男はまじまじと見つめた。

全身脱毛をしているらしい沙希の股間には、申し訳程度の毛しか生えていなかった。ウエストはどこに内臓が収まっているのかと思うほどに細くくびれていた。

随分と長いあいだ、男は沙希の裸体を見つめていた。だが、やがて、雨ガッパと衣類と下着を慌ただしく脱ぎ捨て、ほっそりとした沙希の脚を大きく開かせてから、その体にぴったりと身を重ね合わせた。

沙希の体はとても温かかった。まるで今も生きているかのようだった。

そうすることは、沙希がこの島に来た時からずっと望んでいたことだった。

そう。生きている時にはできなかったことを、男はこれから始めようとしていた。

自分がこんなにも大勢の人を殺すことになるとは、少し前までは思いもしなかった。彼が望んでいたのは作家としての名声を手にすることであって、大量殺人に手を染めることなどでは決してなかった。

もはや小説を書いて生きる夢は絶たれた。それどころか、逮捕されたら、死刑に処せられることは間違いないだろう。

けれど、それ以上は考えなかった。硬直した男性器を、命をなくした沙希の股間に押し当てると、男は腰をゆっくりと突き出した。

## 6

風雨がいくらかでもおさまったら、沙希のところに行こうと思っていた。けれど、いつまで待っても風雨が弱まることはなかった。

しかたなく、あずさはまた雨ガッパを着込んで男子のプレハブを出ると、猛烈な風に吹き飛ばされそうになりながらも沙希のプレハブへと向かった。

沙希の部屋のドアの前に立つと、あずさは強くノックをしながら沙希の名を何度か繰り返した。けれど、室内からの返事はなかった。

あずさは顔を強ばらせた。ほんの少し前、國分の死体を見つけた時のことを思い出したのだ。

「沙希さん、入ります」

大きな声でそう言うと、あずさはドアを開き、風雨が吹き込むのを最小限に抑えるために室内に素早く身を入れてからドアを閉じた。

その瞬間、ベッドに身を横たえている全裸の沙希が目に飛び込んできた。

「沙希さん、どうしたんですか？　沙希さん……沙希さん……」

あずさはそう呼びかけながら沙希に近づいた。けれど、沙希はその呼びかけに反応しなかった。

「沙希さん……えっ？」

あずさは息を呑んだ。目を閉じた沙希の首の周りに赤黒いあざができていたからだ。

恐る恐る手を伸ばし、あずさは沙希の尖った肩に触れ、その体を少し揺すった。だが、沙希はやはり反応しなかった。

國分の死体を発見した時にも勝る衝撃が肉体を走り抜けた。

次の瞬間、あずさはとっさに沙希の体に、そばにあったパステルブルーのタオルケットを被せた。そして、沙希の部屋を飛び出すと、男子のプレハブへと夢中で走り出した。

あずさはプレハブの一階のドアを開けると、そこにいるはずの吉岡一馬と城戸孝治に向かって、沙希が殺されていることを大声で知らせた。その後は、錆びついた外階段を駆け上がり、二階の三人にも同じことを伝えた。

すぐに川端隼人と吉岡と城戸の三人が、雨ガッパを着込んで屋外に飛び出してきた。城戸は女子のプレハブに沙希が殺害されたことを伝えに行き、あずさは凄まじい雨に打たれながら川端と吉岡の三人で再び沙希のプレハブへと向かった。

沙希はさっきと同じ姿勢でベッドの上にいた。ほっそりとしたその体は、あずさがかけたパステルブルーのタオルケットに覆われていた。

「沙希さん……沙希さん……」

ついさっきあずさがしたように、川端もそう呼びかけながら沙希の体を何度か揺すった。だが、やはり、沙希が反応を見せることはなかった。

「首を……絞められたみたいですね」

沙希の遺体を覗き込んだ吉岡が呟くように言い、川端が「そのようだな」と言って吉岡とあずさを交互に見つめた。

そうしているうちに、雨ガッパを着込んだ四人の女たちが城戸孝治と一緒にやって来た。女たちの顔は蒼白で、ひどく強ばっていた。

「第一発見者はあずさくんなのね？」

小川翠があずさを見つめた。「あずさくんは、ここに何をしに来たの？」

「あの……集会室にいる時に、沙希さんにあとで来るようにと言われたんです。あの……犯人のことで思い当たることがあるからって……」

おずおずとした口調であずさは答えた。沙希との関係を誰かに知られるわけにはいかなかった。

「犯人のことで思い当たること？」

小川翠があずさの答えをおうむ返しに繰り返した。「だとしても、どうしてあずさくんなの？」

「それは、あの……僕にもよくわかりません」

あずさの返答に頷くと、小川翠がベッドに横たわっている沙希の死体に近づいた。翠は沙希の顔を覗き込み、その頬や額にそっと触れてから、沙希の体にかけられていたパステルブルーのタオルケットを捲り上げた。

「男の人たちはこっちを見ないで」

小川翠が言い、あずさはほかの三人の男たちと一緒に沙希の死体に背を向けた。

「沙希さん……レイプされてる……みたい」

苦しげな口調で翠が言い、川端隼人が沙希に背を向けたまま「それは確かなのか？」と訊いた。

「確かだと思うけど……石橋さんもこっちに来て確かめて」

翠の声がまた聞こえた。

「そうですね。確かに……犯されているようですね」

今度は石橋麗子が重苦しい口調で言うのが聞こえた。

「みんな、もうこっちを見てもいいよ。犯されてから殺されたのか、殺されてから犯されたのかはわからないけど……犯人は男だっていうことがはっきりした」

向き直った四人の男たちを見つめて翠が言った。

「上原さんと久保寺さんは、どうしてここにいないんだろう？」

室内を見まわすようにして吉岡一馬が言った。

「僕の声が聞こえなかったんでしょうか？」

「あの人たちと一緒に二階にいた俺には、あずさの声はよく聞こえたけど……あのふたりには聞こえなかったのかな？」

「ふたりの安否を確かめに行く必要があるわね。わたしたちは女子のプレハブに戻って、身の安全を確保することにするから、男の人たちだけで確かめて来て」

命令でもするかのような口調で翠が言い、川端隼人が「わかった。そうするよ」と言ってほかの男たちを見まわした。

## 7

吹き荒れる風雨の中、あずさは三人の男たちと一緒に男子のプレハブに向かって歩いた。雨ガッパの隙間から吹き込んだ雨で、Tシャツがぐっしょりと濡れていた。

建物に着くと、まず川端が外階段を上り始め、吉岡と城戸がそれに続いた。あずさは一番後ろから錆びの浮き出た階段を、のろのろとした足取りで上っていった。

あまりにも衝撃的なことが次々と起こったために、あずさは疲れ切り、かつての彼に……岸田という男の性の奴隷として暮らしていた頃の彼に戻り始めていた。『どうなってもいいや』という自暴自棄な気持ちが甦り始めていたのだ。

「あずさ、急げ。ぐずぐずしてると雨が吹き込む」

早くも二階のドアを開けている川端が大声で言い、あずさは無言で足を速めた。

あずさが室内に入るのを待ち兼ねたかのように、城戸孝治がドアを閉めた。

「上原さーんっ！　久保寺さーんっ！」

川端が大声で室内に呼びかけた。けれど、ふたりからの返事はなかった。

「ふたりの部屋に行ってみましょう」

城戸が言った。その顔は蒼白で、ひどく疲れているように見えた。

「そうだな。行ってみよう」

川端が小さく頷き、手前に位置している上原光三郎の部屋へと向かった。

「上原さん、いますか？」

粗末なドアに顔を近づけて川端が呼びかけた。だが、室内からの返答はなかった。

川端がひどく顔を強ばらせて、ほかの男たちの顔を見まわした。それから、上原の部屋のドアノブに手をかけ、そのドアをゆっくりと引き開けた。室内には読書灯が灯されたままになっていた。

その瞬間、男たち全員の顔に驚愕の表情が浮かび上がった。狭い部屋に敷かれた布団の上で、上原光三郎が血まみれになって倒れていたのだ。

「何ていうことだ……」

川端隼人が声を絞り出すかのように言った。

「久保寺さんのところに行ってみよう」

吉岡がそう言うと、すぐに久保寺和男の部屋に向かい、室内に呼びかけることもせずにそのドアを勢いよく引き開けた。

「ああっ、ダメだっ！　久保寺さんもやられてるっ！　死んでいるみたいだっ！」

いまだに上原の部屋の前に佇んでいた三人に、引き攣った顔の吉岡が大声で告げた。

## 8

上原と久保寺の死因は出血死のようだった。ふたりは体のいたるところを鋭利な刃物で刺され、どちらも血みどろになっていた。上原光三郎は目を閉じていたが、久保寺和男は目を見開いたまま死んでいた。その体はどちらもまだ温かかった。

四人の男は全員で女子のプレハブに行き、二階のドアを開けた小川翠に上原と久保寺が殺害されたことを伝えた。翠の背後には石橋麗子と星優佳里、それに一条千春の三人が佇んでいた。

「上原さんも久保寺さんも刃物で刺されて死んでいた。あまり争ったような様子は見られなかったから、ふたりとも不意を突かれたんだと思う」

　抑揚の乏しい口調で川端が言った。

「あの人たちまで殺されるなんて……とにかく、あなたたち四人はここに近づかないで。あなたたちの誰かが殺人鬼なんだから。さっさとここから離れてちょうだい」

　ずぶ濡れになって佇んでいる男たちに向かって、強い口調で翠が言った。四人の男たちは二階のドアのすぐ外の狭い空間に、雨ガッパ姿で立ち尽くしていた。

「翠さんは俺たちに、どうしろって言うんですか？」

　階段の一番上にいた川端が訊いた。

「そんなこと、自分たちで考えてっ！　あなたたちの誰かが殺人鬼だということは紛れもない事実なんだから、とにかく、ここには近づかないでっ！」

　翠がヒステリックな声を上げた。

「小川さん、あずさくんは例外です」

　あずさを見つめた一条千春が、必死の口調でそう言った。「あずさくんにはアリバイがあります。由美さんが殺された時も、塾長が殺された時も、あずさくんはわたしと一緒にいました。だから、あずさくんは、ここに入れてあげてください。そうしないと、あずさくんも殺されてしまいます」

「確かに、そうね。だったら……あずさくんは入れてあげることにする。あずさくん、中に入っていいよ」

「ありがとう、翠さん。さあ、あずさくんは中に入って」

千春が言い、あずさはほかの三人の男を見つめた。

「僕だけ、いいんですか？」

「ああ、いいよ。お前にはアリバイがあるからな」

投げやりとも聞こえる口調で川端が言い、雨に濡れるのも厭わずに外に出てきた千春が、階段に立っているあずさの手首を握り締め、強い力でプレハブの中に引き入れた。

「翠さん、こうちゃんも中に入れてあげてください。こうちゃんは人を殺せるような人じゃありません。このわたしが保証します。だから、お願いします。こうちゃんを中に入れてあげてください」

今にも泣き出しそうに顔を歪めて星優佳里が哀願した。「こうちゃんは犯人じゃありません。外にいたら、きっと殺されてしまいます」

「優佳里の言う通りです。僕は人殺しなんか絶対にしません」

今度は城戸孝治が口を開いた。「小川さん、僕も中に入れてください。お願いです。僕は死にたくないんです」

いつも穏やかな表情をしている城戸が、恐怖と不安に顔を歪めて必死に訴えた。

「孝治、お前は俺か一馬のどっちかが殺人鬼だって言うのか？」

川端が目を吊り上げて城戸に食ってかかった。

「優佳里の気持ちはわかるけど、孝治くんはダメよ」

小川翠が申し訳なさそうに言った。「孝治くんにははっきりとしたアリバイがないもの。かわいそうだけど、入れてあげるわけにはいかない」

「そんな……ひどい……」

優佳里が目を潤ませて翠を見つめた。

「僕は犯人じゃありません。小川さん、信じてください」

小川翠ににじり寄るようにして、城戸が必死で訴えた。

だが、翠は「ダメよ。あなたは入れられない」と言って譲らなかった。

その直後に、翠がまだ外にいる男たちに向かって、「みんな、気をつけて。この三人のうちの誰かが殺人鬼なのよ。だから、お互いに殺されないように気をつけて」と言ってからプレハブのドアを閉めた。そして、そのドアが外から引き開けられることがないように、ドアノブに巻きつけられていた太いロープを近くの鉄筋にしっかりと縛りつけた。

# 9

星優佳里が両手で顔を覆って泣いていた。

「殺されちゃう……こうちゃんはきっと、殺されちゃう……」

啜り泣きながら優佳里が繰り返した。その声がひどく震えていた。

そんな優佳里の肩を、石橋麗子が無言で撫で続けていた。

「あずさくんだけでも入れてもらえてよかった」

あずさの耳元で千春が囁いた。

あずさは無言で頷いたけれど、胸の中には自分だけが特別扱いされたことへの罪悪感が広がっていた。

「小川さん……やっぱり、僕は……戻ります。あの三人と一緒にいます」

さっきからずっと考えていたことを、あずさはまだそばにいた小川翠に言った。

「何を言ってるの？　あずさくん、死にたいの？」

あずさの腕を握り締めた千春が言った。「ダメよ。外に出たら、絶対にダメ」

「でも、犯人はひとりだけなんです。外にいる三人のうちのふたりは無実なんです」

あずさは小川翠を見つめた。「僕はそのふたりと一緒にいるべきだと思うんです」

「それは許しません」

小川翠が強い口調で断言した。「三人の中の誰が犯人かわからないんだから、あずさくんが出て行っても意味はないわ」

「でも、小川さん……」

「塾長がいない今は、わたしが魚影塾の責任者です。塾長からも、自分に何かあった時には、わたしに任せると言われていました。あずさくんだけでなく、誰ひとり、わたしの許可があるまでは外に出ることは許しません。わかったわね、あずさくん?」

もやもやとした気持ちを抱えながらも、あずさは小さく頷いた。

「とりあえず、あずさくんは綾乃さんの部屋にいてちょうだい」

再び翠が言い、あずさは「はい」と小声で答えて雨ガッパを脱ぎ始めた。

「シャツがびしょびしょね。わたしのでよかったら、貸してあげる。あずさくんは痩せてるから、わたしのシャツでも着られるよね」

石橋麗子がそう言うと、あずさの返事も待たずに自分の部屋に行き、白いTシャツを持って戻ってきた。

あずさはそのシャツを受け取って石橋麗子に礼を言うと、生前の水原綾乃が寝起きしていたという部屋に向かった。

みんな死んでしまったんだ。

綾乃の部屋で濡れたシャツを脱ぎながら、あずさはぼんやりと思った。まるで、すべてが夢の中の出来事のようだった。

あずさは少し前まで、充実した生活を送っていたのだ。生きるということは、こんなにも楽しいことだったのかと、生まれて初めて感じていたのだ。

その暮らしがあまりにも突如として、あまりにも理不尽に奪われたことで、あずさは茫然自失の状態に陥っていた。

この暮らしを破壊した者が憎かった。あの三人のうちの誰かが、すべてを台なしにしてしまったのだ。

そんなことをした者が、あの三人の中にいるとは、今になっても受け入れがたかった。男子塾生のリーダー的な存在である川端隼人は誰に対しても親切で優しかったし、ギターが得意な吉岡一馬は剽軽で明るい、ムードメーカー的な存在だった。ハンサムで物静かな城戸孝治は、野菜についた毛虫を殺すのも嫌がるほどの人間だったから、とてもではないが人を殺せるとは思えなかった。

だが、そうなのだ。あの三人のうちの誰かが、こんなにもたくさんの人を殺したのだ。

次に外に出た時には、さらにふたりが殺されているかもしれない。

そんなやるせない思いを抱えながら、あずさは石橋麗子から受け取ったシャツをゆっくりと身につけた。


狭い部屋の片隅には綾乃が使っていた布団が畳まれていた。だが、あずさは布団を敷くことはせず、ベニヤ板の壁にもたれて床に蹲っていた。

室内にいても、風の音が絶えず聞こえた。あずさは剝き出しの膝を抱えて、三人の男たちのことを思い続けていた。三人のうちのひとりが狼で、ほかのふたりは兎なのだ。その兎たちのことを思うと、居ても立ってても居られないような気持ちになった。

ドアの外から「あずさくん」と、囁くような千春の声がしたのは、その部屋に入って一時間ほどがすぎた頃だった。

「入ってもいい？」

やはり囁くように千春が尋ねた。隣は星優佳里の部屋だったから、彼女のことを気遣ってのことだろう。

「ええ。どうぞ」

あずさが小声で答え、ドアがゆっくりと開けられた。

「一緒にいてもいい？」

遠慮がちに千春が尋ね、あずさは無言で頷いた。

千春はデニムのショートパンツに、黒いTシャツという恰好だった。

すぐに千春があずさのすぐ隣に、身を寄せるように腰を下ろした。剝き出しの腕と腕が触れ合った。あずさの腕は冷たかったが、千春のそれは温かかった。

「魚影塾がなくなったら……あずさくんはどうするの？　東京の家に帰るの？」

あずさの耳元で囁くように千春が訊いた。

「まだ……わかりません」

あずさもまた小さな声で答えた。「一条さんはどうするんですか？」

「わたしはたぶん……家に戻って、大学に復学することになると思う。でも、小説は書き続ける。あずさくんも書き続けるでしょう？」

「それも……今はまだ、よくわかりません」

「ねえ、あずさくん……」

千春が言い、あずさは彼女のほうに顔を向けた。

「何ですか？」

「東京に戻っても、わたしに会ってくれる？」

千春が訊き、あずさは少し考えてから、「はい」と小声で返事をした。

「本当に？」

「一条さんが会いたいと言うなら、会いに行きます」

あずさが答え、千春が嬉しそうに微笑んだ。

「生き延びようね、あずさくん。絶対に生きて東京に帰ろうね」

真剣な顔であずさを見つめて千春が言った。

「そうですね」

「前にも言ったけど、わたし……あずさくんが好きなの。すごく好きなの」

「ありがとうございます」

「あずさくんはわたしをどう思う？　好き？　それとも、鬱陶しい？」

あずさの目を覗き込むようにして千春が訊いた。

「僕も……好きです」

あずさは言った。それが本心かどうかはわからなかったが、今はそう答えたかった。

あしたの今頃、ふたりが生きていられるという保証はどこにもないのだ。だとしたら、せめて今は、千春に喜んでもらいたかった。

「あずさくん……本当？」

「ええ。本当です」

その言葉を耳にした千春が、「嬉しい」と言って、あずさの肩に頭をもたれかけた。

## 10

気がつくと、千春はあずさに寄りかかるようにして微睡（まどろ）んでいた。温かく湿ったその寝息が、あずさの頬を絶え間なくくすぐっていった。

だが、あずさは眠れなかった。いろいろな思いが次から次へと押し寄せてきて、眠くなるどころか、目は冴えていくばかりだった。

風雨は徐々に衰えていっているようだった。あずさはそれを感じ続けていた。日の出の少し前には風の音はほとんど聞こえなくなった。

小川翠が部屋のドアをノックしたのは、午前五時になろうという時刻だった。

「千春もあずさくんも目を覚まして」

狭い部屋の中に並んで蹲っている千春とあずさに翠が言った。「まだ風は強いみたいだけど、雨は止んで太陽が射してるわ。とりあえず、ここを出て、みんなで集会室に行きましょう。集会室で温かいものでも飲みながら、これからのことを相談しましょう」

翠の背後にはすでに、石橋麗子と星優佳里が立っていた。三人の女たちはそれぞれ、ペーパーナイフや千枚通しなどを手にしていた。

すぐにあずさが立ち上がり、眠たそうな顔をした千春もゆっくりと腰を上げた。

「こうちゃん、無事かしら？」

優佳里が言ったが、返事をする者はいなかった。

「千春もあずさくんも、何でもいいから、武器になりそうなものを持って」

部屋を出たふたりに翠が言い、千春は自室に戻ってキリを持ってきた。原稿用紙を紐で綴じるときに使うキリだった。あずさは廊下の端にあった木製のモップの柄を握り締めた。

「みんな離れないようにするのよ。いいわね？　それじゃあ、外に出るよ」

そう言うと、翠がドアノブに結びつけられていたロープを解き、外階段へと続くドアをゆっくりと押し開けた。

その瞬間、強烈な朝日が射し込んできて、あずさは思わず目を細めた。

風はまだ少し強かったが、台風一過の晴天で、朝の太陽が島全体を眩しいほどに照らしていた。建物の周りには折れた木の枝が無数に散乱していた。この様子だと、畑はメチャクチャになっているかもしれなかった。

「僕が先に行きます」

あずさはそう言うと、モップを握り締め、辺りを慎重に見まわしながら、錆の浮き出た外階段を女たちの前に立って降り始めた。

階段を降り切る前に、あずさは二十メートルほど離れたところに人が倒れているのを見つけた。はっきりとはわからなかったが、城戸孝治のようにも見えた。

「あれは……孝治くん……」

あずさのすぐ背後から階段を降りていた翠が呻くかのように言った。

「こうちゃんっ！　こうちゃんっ！」

翠の背後にいた優佳里が叫ぶかのように繰り返した。優佳里は前にいた翠とあずさを押し退け、ぬかるんだ地面を蹴って走り出した。

「優佳里、気をつけてっ！」

翠が叫んだが、優佳里は足を止めず、俯せに倒れている城戸の脇に蹲った。

「こうちゃんっ！　こうちゃんっ！」

優佳里が男の体を何度か強く揺すった。そして、その直後に、辺りに響き渡るかのような大声で「いやーっ！」と鋭く叫んだ。

あずさもすぐにそこに駆け寄り、城戸孝治を見下ろした。彼が身につけている白いシャツの肩と背中に裂け目があり、それぞれの裂け目の周りに血が滲んでいた。城戸は雨ガッパを着ておらず、全身がずぶ濡れの状態だった。

すぐに翠が駆けつけ、城戸の手首を摑んだ。

「ダメだ。もう脈がない」

悲壮な顔をした翠が告げ、優佳里がまた悲鳴をあげた。

「仰向けにしてみましょう。あずさくん、手を貸して」

翠が言い、あずさは彼女とふたりで、俯せになっていた城戸の体をゴロリと転がして仰向けにした。

城戸の顔は泥にまみれていた。彼は目を閉じ、ハンサムなその顔を少し歪めていた。シャツの前側も泥まみれだったが、胸や腹部にも刺し傷があるように見えた。

「翠さん、だから、わたしは言ったじゃないですかっ！　こうちゃんは絶対に犯人じゃないって、わたしははっきりと言ったじゃないですかっ！」

大粒の涙を流しながら、優佳里がヒステリックに叫んだ。「それなのに……それなのに……こうちゃんは、翠さんが殺したようなものですっ！」

「優佳里ちゃん、翠さんを責めるのはやめようよ」

優佳里の脇にしゃがみ込んだ石橋麗子が言った。

あずさは顔を上げて、すぐそばに立っている千春に視線を向けた。

千春は顔をわななかせ、死体となってしまった城戸孝治を茫然と見つめていた。


あずさの耳に男の声が飛び込んできたのは、優佳里が泣きながら城戸の顔の泥をタオルで拭っている時だった。

「みんな、僕だっ！　逃げないでくれっ！」

あずさたちから十数メートルほど離れたところに、川端隼人が立っていた。彼はあちらこちらに汚れのついたTシャツに短パンという恰好で、雨ガッパは着ていなかった。

「隼人くん、近寄らないでっ！」

素早く立ち上がった翠が、歩み寄ろうとしていた川端に向かって大声で命じた。「誰が孝治くんを殺したのっ！　何があったのか、説明してっ！」

「ああ、説明するから、みんな落ち着いて聞いてくれ」

足を止めた川端が大声で言った。「犯人は一馬だ。一馬が連続殺人鬼だったんだ」

あずさは反射的に、吉岡一馬の笑顔を思い浮かべた。

そう。あずさの記憶の中の一馬はいつだって笑っていた。清水由美の死体が見つかる直前まで、鶏小屋で彼女とふたりで作業をしていたと言っていたのが彼だった。

「それは本当なの？　彼は……一馬くんは今、どこにいるの？」

翠の顔には疑わしげな表情が浮かんでいた。

「翠さん、信じてください。孝治を殺したのは一馬なんです。でも、俺にも一馬がどこにいるかはわかりません。この島のどこかに隠れていることは確かですが、今、あいつがどこにいるかは俺にもわかりません。孝治を殺したのを俺に見られて、慌てて姿を消したんです」

真剣な顔をした川端が言った。

川端によると、昨夜、女子のプレハブを離れた三人は、凄まじい風雨の中を男子のプレハブに戻ったのだという。そして、身体検査をし合い、室内にも凶器がないかを確認し合ってから、それぞれが一階の部屋にひとりずつ閉じ籠り、それぞれが外からドアを簡単に開けられないように工夫して、台風が去るのを待つことにしたらしかった。

うとうととしていた川端が城戸孝治の叫び声を耳にしたのは、午前二時頃のことだった。川端はとっさに部屋を飛び出した。その瞬間、川端はナイフのようなものを手にした吉岡一馬が、悲鳴をあげて逃げ惑う城戸孝治に襲いかかっているのを目にした。

城戸はドアを開けて屋外に逃げ出した。その時にはまだ、凄まじいまでの暴風雨が吹き荒れていた。

「俺はふたりを追いかけました。孝治を助けるつもりだったんです」

沈痛な顔をして川端が言葉を続けた。

城戸は女子のプレハブに向かって走っていた。けれど、彼がそこにたどり着く前に吉岡が追いつき、まず城戸の背中にナイフを突き刺した。その後は、その場に蹲った城戸の体のいたるところを、手にしたナイフでめった刺しにした。

吉岡は自分の背後に川端がいるのに気づき、叫びながらナイフを持って向かってきた。

そして、驚いている川端の腹部に向かって、手にしたナイフを強く突き出した。

「一馬のやつ、俺を殺すつもりだったんです。でも、俺は反射的に身をかわして、一馬のナイフを地面に叩き落としました。そうしたら、一馬は逃げ出したんです。これがそのナイフで、これがその時のナイフの傷です」

そう言うと、川端が尻のポケットから大きなナイフを取り出した。続いて、シャツを捲り上げ、左の脇腹にできた長さ五センチほどの真新しい切り傷をみんなに見せた。

「隼人くん、あの……その話は本当なのね？」

翠が川端の顔をじっと見つめた。その顔には今も、疑わしげな表情が張りついたままだった。

「本当です。俺は見たままを言っているんです」

顔を強ばらせたまま川端が答えた。「一馬はまだ、この島のどこかにいます。あいつ、俺たち全員を殺してから、筏を作って逃亡するつもりなんですよ」

「わかった。とりあえず、隼人くんを信じることにする。みんなもそれでいい？」

ほかの者たちを見まわして翠が尋ね、城戸の遺体に縋りついて泣いている優佳里を除く全員が頷いた。

「ありがとうございます、翠さん」

「そのナイフはわたしに預からせて」

翠が右手を差し出し、川端が大きなナイフを手渡した。あずさは覚えていなかったが、たぶん、沙希の部屋の陳列棚に並べられていたナイフの一本なのだろう。沙希のプレハブにも鍵はなかったから、彼女が不在の時には誰もが出入りできたし、その時にナイフを盗み出すことも可能なはずだった。

# 11

「こんな時こそしっかり食べて、体力を温存しておかないと」

石橋麗子がそう提案し、みんなで食事を作ろうと言うことになった。前夜は國分が殺された騒ぎで、誰もがまともな食事をとっていなかった。

食事の支度をするために、六人はどこかに身を隠しているらしい吉岡一馬を警戒しながら集会室へと向かった。

川端の言ったことが真実だとしたら、吉岡は今もこの島のどこかで、生き残っている者たちを殺害するチャンスをうかがっているのかもしれなかった。島の全員を殺害してしまえば、事件が発覚するまでにはある程度の時間が稼げるはずだったから、そのあいだに警察の手が及ばないところに逃亡することもできそうだった。

暴風によってふたつの窓が壊された集会室は、メチャクチャになっていた。床には雨に濡れた大量の紙片や木の葉、木の枝が散らかっていた。床の凹んだ部分には水溜まりまでできていた。それでも、茫然自失の状態の優佳里を除く五人で力を合わせて辺りを片付け、濡れたテーブルや椅子を拭くことで、三十分ほどで食事ができる状態になった。

片付けが終わると、五人は手分けをして食事の支度を始めた。恋人を失った星優佳里は相変わらず、テーブルに顔を突っ伏して泣き続けていた。

食事の支度をしている途中で、棚から食器を出していたあずさのそばに小川翠がやってきて、その耳元で囁いた。

「トイレに行くふりをして男子のプレハブの様子を確認してきて」

あずさは翠のほうには顔を向けず、無言で小さく頷いた。

「充分に気をつけてね」

その言葉に再び無言で頷くと、あずさは「トイレに行ってきます」とみんなに言って、モップの柄を握り締めて集会室から出た。


今も風は強かったが、早朝に女子のプレハブを出た時に比べると、穏やかになり始めているように感じられた。辺りにはいたるところに水溜まりができていて、そこに夏の青空と流れる雲が映っていた。地面はぬかるんでいたけれど、照りつける太陽がどんどん乾かしているようで、あちらこちらから湯気が立ち上っていた。海は今もまだかなり荒れているらしく、波の音が辺りにやかましく響いていた。

きっと鶏小屋が吹き飛ばされたのだろう。男子のプレハブに向かっているあいだに、あずさは何羽かの鶏が歩く姿を見かけた。

男子のプレハブに着くと、あずさはまず一階を見てまわることにして、そのドアをそっと引き開け、足音を忍ばせて奥へと向かった。

吉岡一馬の自室は建物の一番奥に位置していた。彼がそこにいることはないだろうと思いながらも、あずさはそのドアをゆっくりと慎重に開いた。

その瞬間、あずさは息を呑んだ。その狭い部屋に吉岡一馬が血まみれになって倒れていたからだ。

「吉岡さん……一馬さん……」

小声で呼びかけながら、あずさは仰向けに倒れている吉岡の脇に身を屈めた。

吉岡一馬は目を閉じていた。淡いブルーのシャツの胸と腹の部分に裂け目があり、その周りに大きな血の染みが広がっていた。

脈や呼吸を確かめる必要はなかった。たとえ、まだ心臓が動いていたとしても、この島では致命傷を負った彼を助ける術(すべ)はひとつもなかった。

## 12

　あずさは息を切らせて集会室へと駆け戻った。そこでは今も食事の支度が続いていて、味噌汁のかぐわしい香りが漂っていた。

　川端隼人もそこにいた。彼は石橋麗子と並んで、大鍋で味噌汁を作っていた。誰もが思い詰めたような顔をしていて、話をしている者はいなかった。

「遅かったのね。あずさくん」

　大きな樽の脇に蹲って糠漬けを取り出していた翠が、怖いほど真剣な顔であずさを見つめた。

「すみません。ちょっとお腹が痛くなっちゃって」

　そう言いながら、あずさは翠に歩み寄った。そして、彼女のすぐ脇にそっと蹲り、川端がこちらを見ていないことを確認してから、その耳元で自分が男子のプレハブで目にしたことを小声で告げた。

　あずさの言葉に顔を強ばらせて頷くと、翠が静かに立ち上がった。

「みんな、すぐに隼人くんから離れてっ！　殺人鬼は隼人くんだったのよっ！」

大きな声で翠が言い、泣いていた星優佳里を含む全員が川端隼人に視線を向けた。

「翠さん、何を言っているんです？　犯人は一馬です。俺はこの目で見たんですから」

戸惑ったような笑みを浮かべた川端が言った。

「だったら、なぜ、一馬くんの死体が彼の部屋にあるの？　ついさっき、あずさくんが彼の死体を見つけたのよ。もう言い逃れはできないよ。殺人鬼はあなたよっ！」

翠の言葉を耳にした川端の表情が見る見るうちに変化した。その顔から笑みが消え、代わりに鬼のような形相が浮かび上がったのだ。

「その通りだっ！　この俺が殺人鬼だっ！」

川端が大声で叫び、隣にいた石橋麗子がおたまを放り出して悲鳴を上げた。

次の瞬間、川端がまな板の脇にあった菜切り包丁を握り締めた。そして、彼に背を向けて逃げようとしていた石橋麗子に襲い掛かり、その首を力任せに切りつけた。

次の瞬間、ホースから水が噴き出すかのように、石橋麗子の首からおびただしい量の鮮血が勢いよく噴き出し、近くの壁一を真っ赤に染めた。

麗子の口から小さな声が漏れた。麗子はそのまま蹲るかのように前方に倒れ込み、太った体を苦しげに悶えさせた。

女たちの口から一斉に悲鳴があがった。

「次は誰だっ！　次は誰が殺されたいんだっ！」

立ち上がった川端が叫んだ。その直後に、彼は包丁を握り締めたまま、集会室の出入り口から飛び出して行った。

「あずさくんは隼人くんが戻ってこないか見張っていてっ！」

そう言うと、翠が倒れ込んでいる石橋麗子に駆け寄った。

あずさは出入り口のドアに駆け寄り、飛び出して行った川端の背中を見つめた。けれど、走り続けている彼の姿は、すぐに木々に隠れて見えなくなってしまった。

少しのあいだ、あずさの耳に呻くような麗子の声が聞こえた。けれど、それはすぐに聞こえなくなった。

「ダメだ。すごい血だ。わたしたちにはもう……できることがない」

石橋麗子の脇にしゃがみ込んでいる翠が声を震わせて言った。「ああっ、脈が止まった……もう呼吸もない」

川端が姿を消した付近を見つめながら、あずさは唇を噛み締めた。全身がわななくように震えていた。この島ではたくさんの人が殺されたが、その瞬間を目にしたのは初めてだった。

翠と優佳里、それに千春とあずさの四人は、集会室の片隅に集まり、四方に絶えず視線を向けていた。

翠と千春は調理場にあった包丁を握り締めていた。それは先端が尖っていない菜切り包丁だったから突き刺すことはできなかったが、石橋麗子が毎日のように手入れをしていたのでで切れ味はよかった。

「こんなこと……こんなことって……信じられない」

一条千春が震える声で言った。顔は蒼白で、その目が涙で潤んでいた。

「翠さん、これからどうしよう?」

星優佳里が小川翠を見つめた。ずっと泣いている優佳里の目は真っ赤に充血していた。

「そうね。とりあえず、食事をしましょう。食事をしてからまた、どうするか相談をしま
しょう」

「ダメ。わたしは食べられそうにない」

首を左右に振り動かしながら千春が言った。

「わたしも食べられない……食べたら吐いちゃう」

今度は優佳里が言った。

「優佳里も千春も、それでも食べるのよ。石橋さんが言ったように、体力を保っておく必要があると思う。まず、わたしとあずさくんが見張りをするから、優佳里と千春は先に食べて。ふたりが終わったら、今度はあずさくんとわたしが食べる。そのあいだは、ふたりで手分けして見張りをしていて。みんな、怖いのはわかるけど、こんな時こそしっかりしようよ。いいわね？」

強い口調で翠が言い、優佳里と千春が泣きながら頷いた。

女たちのやり取りを聞きながら、あずさはこの人たちを助けたいと強く思った。

自分が男だと意識したことはほとんどなかった。だが、敵は男なのだから、こういう時にはやはり、男である自分が女たちを守らなくてはならないのだと感じた。

# 第五章

## 1

　川端隼人は沙希のプレハブにいた。その部屋の片隅で、沙希が保存していたビスケットやクッキーなどを食べていた。前夜、塾長の國分が殺された騒ぎの中で、まともに食べていなかったから、ずっと空腹を覚えていたのだ。

　そのプレハブには沙希が不在の時に何度となく忍び込んでいたから、どこに何があるのかはよくわかっていた。

　そう。彼は沙希の留守中に頻繁にそこに侵入していた。彼は沙希が島の住人になった直後から、彼女に関心を抱くようになっていたのだ。いつもしっかりと化粧を施し、洒落た衣類を身につけている沙希は、この島にいる女たちの何倍もの色気を振り撒(ま)いていた。

そこに忍び込んだ時、沙希の下着やパンプスを盗んだことが何度かあった。だが、沙希にはズボラなところがあったから、そのことには気づいていないようだった。

少し前には陳列棚から柄の部分に七宝焼の装飾が施されたナイフの一本を盗み出し、自分の部屋でまじまじと眺めていた。その後は衣装ケースの底に隠してあった。

ナイフを盗んだ時には、人を殺すために使うつもりなどなかった。ただ、そのナイフがあまりにも美しかったから、自分のそばに置いておきたいと考えただけだった。

隼人は静かに顔を上げた。その視線の先にはベッドがあり、そこに死体となった沙希が横たわっていた。その体には今もパステルブルーのタオルケットが被せられていた。

なぜ、こんなことになってしまったんだ？　俺は毎日、必死で小説を書いていただけだったじゃないか……それなのに……いったい、なぜ、こんなことになってしまったんだ？

沙希の死体を見つめて隼人は思った。


そもそもの始まりは水原綾乃が書いていた小説だった。

ある時、隼人は綾乃のいないあいだに彼女の自室に忍び込み、罪悪感を抱きながらも、彼女が執筆中の小説を盗み出した。綾乃がどんなものを書いているのか、気になってしかたなかったのだ。

あれは綾乃が崖から転落して死んだ前々日の午後、彼女が洗濯当番をしていた時のことだった。

綾乃が素晴らしい小説を書くということは、隼人もよく知っていた。その才能に嫉妬を抱いてもいた。塾長の國分や編集者だった小川翠も、間もなく綾乃が再び文学賞を受賞することになるだろうと予想していた。

あの午後、隼人は自室に持ち帰った綾乃の原稿を夢中で読んだ。読み始めてすぐに、鳥肌が立った。江戸の染物屋の夫婦の暮らしを描いたその作品が、隼人の予想を遥かに超える素晴らしさだったからだ。

「すごいな、綾乃……すごいよ……すごい……」

原稿を読みながら、隼人は無意識にそう口にしていた。

この作品を自分のものにしたい。自分の作品として世に出したい。

隼人はそう切望した。もし、この作品を自分のものとして投稿できれば、きっと隼人は文学賞を受賞し、作家としてデビューできるのだ。長年の夢がついにかなうのだ。

五年ものあいだこの島に暮らし続けている隼人は、精神的にひどく追い込まれていた。

今年の正月に実家に戻った時には、父親から『いつまでも夢を見ていないで、いい加減に目を覚ませ』とも言われていた。

最近の彼は國分から、『惰性で書くな』と言われていた。『このままじゃあ、プロになるのは夢のまた夢だ』とも言われていた。最近の彼の作品は文学賞の一次選考さえ通過しないことが多くなっていた。島に来た時には三十歳だったが、気がつくと彼は三十五歳になっていた。

俺には才能がないのかもしれない。作家になんか、なれっこないのかもしれない。

そう思うたびに、彼は叫び声をあげたいほどの絶望に支配されたものだった。

盗んだ原稿はすぐに綾乃の部屋に返すつもりだった。けれど、隼人はそうする代わりに、それを自分の机の引き出しに押し込んだ。

その晩、夕食のあとで隼人の部屋に来た恋人の由美が、綾乃の原稿を誰かが盗んだらしいと言った。綾乃は無口だったが、由美にはいろいろなことを話しているようだった。

「えっ、誰がそんなことを？」

あの時、隼人はドギマギしながらも驚いた顔をして見せた。

「この島にそんなことをする人がいるなんて信じられない」

憤った顔になった由美が言った。

「みんなはそれを知ってるのかな？」

「知らないと思う。綾乃さん、わたし以外の人には言っていないはずよ」

「綾乃はどうするつもりなんだろう？」

「それが意外と平気な顔をしてたの。小説は頭の中にちゃんと残っているから、ちょっと面倒だけど、最初からまた書き直すって言って笑ってたよ」

由美が言い、隼人は「いったい誰が盗んだんだろう？」と言って首を傾げて見せた。

2

その翌日、隼人は夕食の時に水原綾乃に歩み寄り、大切な話があるから『丘の上』に来てほしいと言って時刻を指定した。

「話って、何ですか？」

「それは丘の上で話すよ。誰にも聞かれたくない大切な話なんだ」

綾乃の耳元に口を寄せて隼人は言った。

その晩、午後十一時に、隼人はみんなが『丘の上』と呼んでいる断崖絶壁の上で綾乃を待った。

　蒸し暑い夜だったけれど、吹き抜ける風は心地よかった。空にはプラネタリウムに来ているのかと思うほどにたくさんの星が瞬いていた。近づいている台風の影響で、打ち寄せる波はいつもより大きく感じられた。

　やがて綾乃が髪をなびかせながら丘の上にやってきた。この島で髪を長く伸ばしているのは、沙希と綾乃だけだった。

「話って何ですか？」

　急な坂道を登ってきたために、わずかに息を乱れさせた綾乃が訊いた。彼女はいつも彼を『川端さん』と呼び、話をする時には敬語を使っていた。

「実は、小説のことなんだ」

「小説ですか？」

「うん。綾乃も知っている通り、最近の俺は一時選考も通過しないことが多いんだ。だから、綾乃に読んでもらって、何かいいアドバイスがもらえないかと思って」

　あらかじめ考えておいた言葉を隼人は口にした。

「そうですか。でも、アドバイスなら、塾長や翠さんにしてもらったほうがいいですよ」

　綾乃は隼人が予想していた通りの言葉を口にした。

「塾長や翠さんにはいつも、いろいろと助言をしてもらっているよ。でも……ここだけの話だけど、あの人たちはちょっと、考え方が時代遅れになっているように感じるんだ。だから、ぜひ綾乃に読んでもらって、意見なり感想なりを聞かせてほしいんだ」

隼人はそう言葉を続けた。だが、それは綾乃を呼び出したことの口実を作るためで、本気でそう思っていたわけではなかった。

やがて綾乃が申し訳なさそうに口を開いた。

「ごめんなさい。わたし、自分の小説のことでいつも頭がいっぱいなんです。だから、川端さんにアドバイスはできそうにありません。悪く思わないでください」

綾乃がまた、隼人が予想した通りのことを言った。

「そうか。わかった。この話は忘れてくれ。呼び出したりして悪かったな」

そう言うと、隼人はさりげなく絶壁の縁に歩み寄り、そこから真下を覗き込んだ。

「あっ！　あれは何だ？　綾乃っ、ちょっと来てくれっ！」

背後の綾乃に隼人は大声で言った。だが、崖下に特別なものが見えたわけではなかった。

すぐに綾乃が隼人の脇に歩み寄ってきた。

「何が見えるんですか？」

「ほらっ、あれだよ」

隼人が崖下を指差し、綾乃が崖から身を乗り出すようにして下を覗き込んだ。

その瞬間、隼人は両手で綾乃の背中を強く押した。

そう。あの時、隼人はすでに悪魔に取り憑かれていたのだ。綾乃を殺害し、彼女の原稿を書き写し、自分の新作として投稿するつもりだったのだ。

転落していく綾乃の悲鳴が隼人の耳に届いた。その直後に、彼女が崖下に叩きつけられたような不気味な音がした。

自分がしたことだったにもかかわらず、隼人はゾッとした。胃がひくひくと痙攣し、吐き気が喉元まで込み上げてきた。

だが、ぐずぐずしているわけにはいかなかった。誰かがやって来たら、一巻の終わりだった。『丘の上』は塾生たちのお気に入りの場所で、誰もが頻繁に訪れていた。

隼人は崖下に身を横たえているはずの綾乃の姿を見ないまま、『丘の上』から降り始めた。その時、前方を歩いていく人の姿が小さく見えた。髪の長い女だったから、沙希に違いなかった。

沙希に見られた？

そう考えると、ゾッとした。けれど、もはや打つ手はなかった。

綾乃がいないと塾生たちが騒ぎ始めたのは翌朝のことだった。

すぐに全員で手分けをして綾乃の捜索を始めた。死体となった綾乃を発見したのは杉田流星と城戸孝治で、その時、隼人は早野あずさとふたりで『丘の上』にいた。

塾長の國分が、綾乃の遺体をこの島に埋葬しようと提案した時には隼人も驚いた。

隼人は國分の提案に反対し、何人かの塾生と一緒に警察に通報するべきだと言い張った。

隼人がそう主張したのは、現場の状況から警察は綾乃の死を自殺だと判断し、自分が疑われることはないという自信があったからだった。綾乃は自分を追い詰める性格で、小説のためなら死んでもいいというようなことをよく口にしていた。埋葬することに反対すれば、隼人を疑うものはいなくなるだろうという考えもあった。

あの朝、沙希が何か発言をするかもしれないと、隼人は恐れていた。だが、あの日もそれ以降も、沙希は何も言わなかった。

きっと、自分と綾乃が『丘の上』にいたのを沙希は見ていなかったのだろう。

そう思って、隼人は胸を撫で下ろした。

# 3

消えたと思っていた火種が再びくすぶり始めたのは、綾乃の遺体を埋葬した日、おととい の深夜のことだった。隼人の部屋に集まっていた男の塾生たちと入れ替わるように恋人の由美が訪ねてきたのだ。

驚いたことに由美は、隼人が机の引き出しに隠していたはずの原稿を手にしていた。

「説明して、隼人。これ、綾乃さんの新作よね？　どうして、あんたが持ってたの？」

隼人の前に綾乃の自筆原稿を突き出した由美が、挑みかかるような口調で言った。

とっさには言い訳が思いつかず、隼人は沈黙した。

そんな彼に向かって、目を吊り上げた由美が、畳み掛けるかのように言葉を続けた。

「何のために盗んだの？　もしかしたら……盗作する気だったの？」

由美の言葉はまさに図星で、隼人はひどく狼狽した。

「大きな声を出さないでくれ。久保寺さんや上原さんに迷惑だよ」

慌てて隼人は言った。

「盗作するつもりだったんでしょう？　そうなんでしょ？」

「盗作だなんて……まさか、そんなこと、あの……まったく考えていなかったよ」

しどろもどろになって隼人は言い訳した。

「だったら、どうして盗んだの？　説明して」

「それは、あの……ただの興味本位だよ。あの……綾乃は自分が書いている小説の話を誰にもしないから、それで、ちょっと読んでみたいと思って……」

隼人はさらにしどろもどろになった。由美に知られてしまった以上、綾乃の作品を自分のものとして投稿することはできないはずだった。

由美はしばらく口をつぐみ、何かを考えるような顔をしていた。だが、やがてその顔に蔑みと嫌悪の表情が浮かび上がった。

「もしかしたら……綾乃さんは隼人が殺したの？　隼人が崖の上から突き落としたの？」

疑念に満ちた目で隼人を見つめて由美が言った。

「この俺が人を殺す男に見えるか？」

隼人は必死で言った。「綾乃の原稿を盗んだのは、魔が差しただけなんだ。由美、このことは……このことは、忘れてくれないか？」

「忘れられるわけないでしょ？　あしたの朝一番で塾長と翠さんに報告するわ」

突き放すかのような口調で由美が言った。気の強そうなその顔には、あからさまな蔑みの表情が張りついていた。

「待ってくれ、由美。このことは……俺が自分で塾長に言う。塾長が怒って島から出て行けって言ったら……その時にはすぐに出て行く」

「それは本当なの?」

「ああ。あしたは朝から台風への備えをする必要があるから、その作業が終わったら自分で塾長に報告する」

「わかった。その約束は守ってね」

刺々しい口調でそう言うと、由美は綾乃の原稿を隼人の机の上に置いて出て行った。

4

きのうは朝から台風への備えで誰もが忙しかった。隼人は久保寺和男と小川翠、それに城戸孝治と星優佳里の四人と一緒に、プレハブの窓や雨樋を補強したり、強風に吹き飛ばされそうなものがないかを確認したりという作業に従事した。

暴風で割れないよう窓ガラスにテープを貼りながら、隼人はずっと不安や恐怖に苛(さいな)まれていた。綾乃の原稿を盗み出したことを、みんなに知られてしまうことが恐ろしかった。

この島から出ていかなければならなくなることも恐ろしかった。

その作業は隼人を含む五人でしていたが、ずっと一緒にいたわけではなく、それぞれが離れて働いていた。だから、作業から抜け出すのは難しいことではなかった。

誰にも見られていないことを確かめて持ち場を離れた隼人は、真っすぐに鶏小屋へと向かった。そこで由美と吉岡一馬が小屋の補強作業をしていることは知っていた。

隼人が着いた時にはまだ、ふたりは作業を続けていた。隼人は物陰に隠れて、その作業が終わるのを待った。

鶏小屋の補強作業は間もなく終了し、吉岡は杉田流星の手助けをすると言って桟橋へと向かった。由美は鶏小屋の仕事を終えたら、隼人たちに合流することになっていた。

鶏小屋を離れてプレハブに向かっている由美を隼人は呼び止めた。そして、前夜のことでもう少し話したいと言って、沙希のプレハブのあるほうに向かって歩き出した。

「そんな話、あとにできないの？　今はみんな忙しいんだから」

そう言いながらも、由美は隼人のあとについてきた。

隼人の後ろから歩いてきた由美の首の左側に、七宝焼のナイフを振り向きざまに突き刺したのは、沙希が寝起きしているプレハブのすぐ近くまで来た時だった。そうすれば、沙希が疑われるはずだと考えたのだ。前の日の午後に沙希と由美が派手な喧嘩をしたのは、島にいる全員が知っていた。

首の左側にナイフを突き刺された瞬間、由美の顔に驚愕の表情が浮かんだ。だが、由美は微かな声も漏らすこともなく、崩れ落ちるかのようにその場に倒れ込んだ。

由美は隼人の恋人だった。けれど、殺害することにためらいはなかった。

由美を殺してでも、この島に残りたかった。綾乃の小説を自分の作品として投稿し、作家デビューを果たしたかった。

隼人は由美の死体を残し、足速にその場を立ち去り、自分の作業に戻った。


由美の死体の第一発見者は、塾長の國分だった。

隼人はほかの塾生の前で由美の遺体に縋りついて号泣した。もちろん、演技だった。

沙希の犯行だと思わせるために由美の首からナイフは抜かず、そのまま突き立てておいた。隼人は軍手をしていたから、ナイフにも指紋は残らないはずだった。

そのナイフは警察が来た時の重要な証拠になるべきものだった。けれど、次に隼人が由美の姿を目にした時には、そのナイフが跡形もなく消えていた。

おそらく、第一発見者の國分が娘の沙希を庇って隠したのだ。

だが、それを知っているのは隼人と國分だけだった。いや、もしかしたら、沙希は父親から聞かされて、自分のナイフで由美が殺されたことを知っていたかもしれない。

いずれにしても、隼人の思惑通り、塾生たちは真っ先に沙希を疑った。けれど、沙希が犯人だと断定できる証拠はなかった。


由美を殺した時の隼人はひどく焦っていた。台風の備えが終わるまでに、何としてでも由美の口を塞いでしまわなければならなかったからだ。

だから、あの時は殺すことにためらいはなかった。だが、由美を殺害した直後に、『浅はかだった』『早まったことをした』と後悔し始めた。

この島に警察がやって来て本格的な捜査を始めたら、由美殺しの犯人は沙希ではなく隼人であるということが、突き止められてしまうのではないかと思ったのだ。

犯人探しのプロである警察が、塾生ひとりひとりの話を聞き、ひとりひとりのアリバイを丹念に調べていけば、最終的には自分が犯人だと断定されてしまうという気がした。

國分が言ったように、日本の警察は優秀だった。

警察が由美を殺したのが隼人だと断定した時には、綾乃を崖から突き落としたこともわかってしまうかもしれなかった。そして、もし、そうなった時には、隼人には死刑が宣告される可能性もあった。

あんな短絡的な方法で由美を殺すべきではなかった。もっとうまく……たとえば、事故を装って殺すべきだったんだ。

隼人は思ったが、すでに時遅しだった。

逮捕されたくない。死刑になりたくない。

隼人は強く思った。そして、その時、突如として……本当に突如として、『この島にいる全員を殺す』という考えが頭に浮かんだ。

最初、それは非現実的なことに思われた。けれど、考えれば考えるほど、ほかに方法はないのではないかと思うようになった。

島にいる全員を殺害してからひとりで仔羊島に渡り、そのまま行方をくらましてしまうのだ。島にはもう通報できる者は誰も残っていないのだから、隼人の犯行が発覚するまでにはそれなりの時間がかかるはずだった。

島での惨劇が白日のもとに晒（さら）され、自分が警察に発見されて事情を聞かれるようなことがあった時にはこう主張するつもりだった。

『あの惨劇はニュースで聞いて、僕もひどく驚きました。でも、事件が起きる前に僕は魚影塾から脱退し、島を離れてしまったから何も知りません』
島の生存者がいなくなれば、隼人の言っていることが事実ではないことを証明できる者は誰ひとりいないはずだった。
もし、その計画がうまくいけば、隼人は罪のないひとりの人間として、また作家になるという夢を目指すことができるかもしれないのだ。

國分の言いつけに背いて仔羊島に向かった杉田流星のボートに同乗したのは、まず彼を殺してしまおうという考えからだった。流星は島では一番元気で腕力があった。その彼さえ亡き者にしてしまえば、ほかの全員を殺すことも不可能ではないように思えた。仔羊島への唯一の交通手段であるボートを消してしまいたいという気持ちもあった。

海のうねりは思っていたより大きくて、ふたりの乗ったボートは激しく揺れていた。魚影島から充分に離れたところで、隼人は故意にボートを揺らして転覆させた。

隼人には魚影島まで泳いで戻れる自信があった。だが、水泳がうまくない流星は戻って来られないはずだと隼人は考えていた。たとえ戻って来たとしても、懸命にオールを扱っていた流星は、隼人が転覆させたこととはわかっていないはずだったから、『殺されかけた』とは考えないに違いなかった。

その思惑通り、隼人は無事に魚影島にたどり着いたが、流星は戻って来なかった。ボートがなくなったことで、外部と連絡を取る方法は完全に断たれた。そう。もはや誰も、島から逃げ出すことはできないのだ。

こうして、皆殺し計画が始まった。

## 5

次の犠牲者として隼人が目をつけたのは、塾長の國分誠吾だった。司令塔である彼を殺せば統制が取れなくなり、性別も年齢もさまざまな塾生はバラバラになってしまうはずだった。

集会室で一縷(いちる)の望みを持って杉田を待っている時に、沙希が父親に話したいことがあると言い、國分とふたりで集会室の二階へと移動した。それを機に、集会室にいた塾生たちは、調理当番の何人かを残してそれぞれの部屋に戻った。

隼人はしばらく集会室に残っていたが、やがて雨ガッパを着込んで外に出ると、薪割り場に行ってナタを持ち出し、それを隠し持ってプレハブの二階へと向かった。外は凄まじい風雨だったから、その姿を目撃した者は誰もいないはずだった。

もし、沙希がまだそこにいたら、ふたりとも殺してしまうつもりだった。けれど、二階にいたのは國分だけだった。

「お話があるんで、少し時間をいただけますか？」

そう言って室内に入ると、隼人は濡れた雨ガッパを脱いだ。そして、小さなテーブルに國分と向き合って腰を下ろし、まずは杉田流星を連れ帰れなかったことで謝罪した。

國分は憔悴しきった顔をしていた。塾生がふたりも続けて死に、ひとりが海で行方不明になっているのだ。しかも、由美は明らかに殺されたのだ。國分が憔悴するのは当然のことだった。

「あれはお前のせいではない。隼人、自分を責めるな」

隼人を見つめた國分が優しい口調で言った。國分は決してハンサムではなかったが、その澄んだ目はとても魅力的だった。

「沙希さんとの話は終わったんですね？」

「ああ。終わった」

「何の話だったんですか？」

「うん。実は、綾乃の死体が見つかった前の晩に、丘の上にお前と綾乃が一緒にいるのを見たと言ったんだ」

「沙希さんは俺が綾乃を突き落としたと言ったんですか？」

笑みを浮かべ、努めて落ち着いた口調で隼人は訊いた。けれど、心臓は息苦しくなるほど激しく鼓動を始めていた。

「いや、そうは言っていなかった。だが、お前を疑っていたのは確かだ」

「塾長も……俺を疑っているんですか？」

「まさか」

國分が穏やかに笑った。「お前にそんなことができるわけがないということは、ずっと一緒にいる俺にはよくわかっている」

「ありがとうございます」

隼人は言った。國分を殺そうという考えが、わずかにぐらついた。

「ところで……お前の話は何なんだ？」

そう問われて、隼人は小説がうまく書けずに悩んでいることを話した。作家になることを諦めて、島を出て行くことを考えているとも言った。

「思い詰めるな、隼人。プロの作家になるというのは、誰にとっても奇跡みたいなものなんだ。なれなくて当たり前だが、それを目指すためにお前はここにいるんだろう？　だったら、お前のするべきことは、くよくよすることではなく、より良いものを書こうと努力することだ。それだけだ」

その言葉は隼人の心に染みた。

殺したくない。これからもこの人の元で小説を書き続けたい。

隼人は思った。けれど、彼の中ではもうひとりの自分が『殺せ』『殺すしかないだろう』と囁き続けていた。

話が終わり、國分が下に行って食事をしようと言って立ち上がった。そして、隼人に背を向け、ドアのそばに掛けてあった雨ガッパへと向かった。階下までは十数段の階段を降りるだけだったけれど、外はものすごい風雨だったから雨ガッパなしではずぶ濡れになってしまうはずだった。

『殺せ』『殺すんだ』

隼人の中のもうひとりの自分が、大きな声で命じた。

その命令に従い、隼人は隠し持っていたナタを取り出し、それをこちらに背を向けている國分の頭部に力いっぱい振り下ろした。

## 6

國分の死を知った直後から、小川翠がリーダーシップを発揮し始めた。翠は生き残っている四人の女だけで、女子のプレハブの二階に閉じこもることを提案し、ほかの女たちがそれに賛成した。女たちはみんな、犯人は男だと考えているようだった。

六人の男たちは協議の結果、集会室で台風が去るのを待つことにした。けれど、それは隼人の気に入らなかった。彼らを順に殺すためには、ひとりひとりがバラバラでいてもらわなくてはならなかった。

考えた末に、隼人はトイレに行くと言って雨ガッパを着込んで外に出た。だが、トイレには向かわず、薪割り場にあった太い木の棒を握り締めて窓の下に身を屈め、一際強い風が吹くのを待ってその棒で窓ガラスを外側から叩き割った。一枚目が割れると、すぐに隣の窓も叩き割った。そして、急いで集会室に戻ると、ほかの者たちと同じように、凄まじい風雨が吹き込んでいる室内を茫然と見つめた。

窓ガラスが割られたことにより、集会室に居続けることはできなくなった。隼人が男子のプレハブに戻ることを提案すると、ありがたいことに最長老の上原がその提案に同意してくれた。

男子のプレハブに移動すると、六人は凶器を持っていないことをお互いに確認し合った。それだけでなく、それぞれの部屋にも凶器になるようなものが何もないことを入念に確かめ合った。

隼人もあの時には凶器を持っていなかった。國分の殺害に使ったナタは、窓ガラスを割るための木の棒を拾いに行った時に薪割り場に戻しておいたのだ。

その後、隼人と上原光三郎と久保寺和男の三人は二階の自室に行き、若い三人は一階に行った。隼人が再び雨ガッパを着込んでプレハブを出たのは、その直後のことだった。


隼人は沙希のプレハブへと真っすぐに向かい、そこで沙希の首を絞めて殺害した。そして、裸にした沙希に身を重ね合わせ、その脚のあいだにいきり立った男性器を深々と突き入れた。そうすることは、沙希がこの島に来た時から望んでいたことだった。

沙希の体の中に自分の体液が残ってしまうのは危険なことだった。それはいつか島にやって来るはずの警察官たちに、犯人は自分だと教えてやるようなものだった。だから、島の全員を殺害したら、沙希の死体は海に沈めてしまおうと考えていた。

沙希の部屋を出る前に、隼人は陳列棚からさらに何本かのナイフを盗み出し、男子のプレハブに戻ると二階にいた上原光三郎と久保寺和男をナイフで刺し殺した。

不意を突かれた上原光三郎はほとんど抵抗できなかったが、その物音を聞きつけて身構えていた久保寺和男は激しく抗った。それでも、胸と腹部に何度かナイフを突き入れると、床に崩れ落ちて動かなくなった。


あんな時刻にあずさが沙希の死体を見つけたのは、予想外の出来事だった。

殺害に使ったナイフを下駄箱の自分の長靴の中に隠してから、隼人は一階にいた吉岡一馬とあずさの三人で沙希のプレハブへと向かった。すぐに城戸孝治が四人の女たちとともに合流した。だが、もちろん、すでに殺されていた上原と久保寺は、そこに来ることはできなかった。

『ふたりの安否を確かめに行く必要があるわね。わたしたちは女子のプレハブに戻って、身の安全を確保することにするから、男の人たちだけで確かめて来て』

小川翠が男たちに命じるかのように言った。

その言葉に応じて、四人の男たちは男子のプレハブに行き、上原と久保寺の死体を発見した。もちろん、隼人はほかの三人と同じように、ひどく驚き、嘆くふりをした。

上原と久保寺が殺されたと女子のプレハブに報告に行った時に、アリバイがあるあずさは女たちと一緒に二階に閉じこもることを許された。優佳里が孝治も中に入れて欲しいと必死で懇願したが、翠は受け入れなかった。

それじゃあ、朝までに一馬と孝治を殺してしまおう。

あの時、隼人はそう決めた。

あずさのことは、あまり気にしていなかった。あずさは女のような容姿をしていたし、力もそれほど強くなかったから、いつでも殺せると考えていたのだ。

# 7

あずさが女子のプレハブに入ることを許され、残された隼人は吉岡一馬と城戸孝治の三人で短い話し合いをした。一馬も孝治も憔悴しきった様子で、それまで見たことがないほどに怯(おび)えていた。

そう。ふたりはどちらも犯人ではないのだ。次に殺されるのは自分かもしれないのに、目の前にいるふたりのうちどちらが殺人鬼なのかわからないのだ。

怯えるのは当然のことだった。

「俺は二階の自分の部屋で朝まですごすことに決めた。お前たちもそれぞれ、好きなところにいるといい」

ふたりに一方的にそう告げると、隼人は男子のプレハブの二階へと上がった。けれど、室内に入ることはせず、階段の上の狭いスペースに身を屈め、ふたりの男の行方を見届けようとした。

島に街路灯はひとつもなく、月も出ていないから、辺りはかなり暗かった。雨で視界も遮られていたから、階下のふたりには隼人の姿は見えなかったはずだ。

一馬は自室のあるプレハブの一階に入ったようだった。だが、孝治は男子のプレハブには入らず、横殴りの雨に抗いながら集会室のある建物へと向かっていった。叩きつけるように降る雨の中に、その姿がぼんやりと見えた。

よし、まずは一馬をやろう。

隼人はそう決めると、下駄箱の長靴の中に隠したナイフを取り出し、足音を忍ばせて外階段を降りた。

いや、そんな必要はなかったかもしれない。ほかのすべての音を掻き消してしまうほどに激しい風雨が島を覆い尽くしていたから。

一階のドアは簡単に引き開けることができないように、内側のドアノブに太い荒縄が巻きつけられ、それが何かに縛りつけられていた。隼人はそのロープをナイフで切断してドアを開けた。

その瞬間、強い風が建物の中に勢いよく吹き込み、その音を聞きつけたらしい一馬が顔色を変えて廊下に飛び出してきた。

「あんたが……犯人だったのか」

一馬が震える声で言った。

「ああ。その通りだ。一馬、次はお前に死んでもらう」

ナイフを構えて一馬に歩み寄りながら隼人は言った。

顔を引き攣らせながら、一馬が後退った。けれど、背後に逃げ場はなかった。

そんな一馬に向かって、隼人はナイフを突き出した。

隼人が放った最初の一撃を、一馬は間一髪のところでかわした。けれど、上半身に向かって突き出された次の一撃はかわすことができず、両手で胸を押さえて身を屈めた。

あとは簡単なことだった。隼人は一馬を抱えて彼の部屋に連れて行き、そこに仰向けに横にならせた。一馬は低く呻いて血を吐いたが、目を開くことはなかった。

「次は孝治だ」

誰にともなく呟くと、隼人は集会室のあるプレハブへと向かった。

自分では見ることはできなかったが、その時、彼の顔には不気味な笑みが浮かんでいた。

そう。彼はすでに本物の殺人鬼になっていたのだ。

『殺人は癖になる』

昔、何かで読んだ、そんな言葉が隼人の頭に浮かんだ。


猛烈な風雨が続いていて、足元はひどくぬかるんでいた。突風が吹くたびに、隼人は足を止めて凄まじい風をやりすごした。

集会室のプレハブも二階建てだったが、二階には國分の遺体が置かれたままになっていたから、城戸孝治は一階のどこかにいるはずだと隼人は考えていた。

建物一階の入口のドアは閉められていた。だが、そこには何の細工もされておらず、隼人は簡単に室内に足を踏み入れることができた。

隼人が窓ガラスを割ったせいで、建物の一階部分には凄まじい風雨が吹き込み続けていて、見るも無残なことになっていた。明かりのない室内は暗かったが、そこがメチャクチャになっていることはわかった。

「孝治、ここにいるのかっ！　俺だっ！　隼人だっ！　孝治っ、いるんだったら、出てきてくれっ！　犯人は一馬だったんだっ！　俺も危うく一馬に殺されそうになったっ！」

真っ暗な室内に向かって、隼人は大声で叫んだ。

けれど、孝治からの返答はなかった。

暗がりに目が慣れるのを待って、隼人はなおも孝治の名を呼びながら、風が渦を巻くように吹き続けている集会室を歩き始めた。

思った通り、孝治は集会室にいた。あまり風の吹き込まない炊事場の奥で、膝を抱えるようにして蹲っていた。雨ガッパは着ておらず、Tシャツに短パンという恰好だった。

「川端さん……一馬さんが殺人鬼だったっていうのは、本当なんですか？」

怯えた顔の孝治が、ゆっくりと立ち上がりながら隼人を見つめた。こんな暗がりでも、彼が羨ましくなるほどハンサムな顔立ちをしていることは見てとれた。

「ああ、そうだ。俺も襲われて、ここまで必死で逃げてきたんだ」

隼人は言った。ナイフはズボンの尻のポケットにあり、いつでも取り出せる状態になっていた。

「一馬さんに襲われた時……川端さんは何をしていたんですか？」

おずおずとした口調で孝治が尋ねた。その顔には今も恐怖の表情が張りついていた。

「自分の部屋で横になっている時だった」

孝治に一歩、近づいて隼人は答えた。

「それじゃあ、どうして……カッパを着ているんですか？」

声を震わせて孝治が言い、隼人はハッとした。自室で横になっている時に雨ガッパを着ているというのは、どう考えても不自然だった。

隼人は理由を言おうとした。けれど、その前に孝治がドアに向かって走り出した。

もちろん、隼人はナイフを握り締めてそのあとを追った。

外に飛び出した孝治は、ずぶ濡れになって走り続けていた。どうやら、女子のプレハブに向かっているようだった。

孝治は必死で走っていたが、俊足の隼人はたちまちにして追いついた。そして、尻ポケットから出したナイフを振り翳し、それを孝治の背中に向かって振り下ろした。

背中を刺されても孝治は走り続けていた。けれど、二回、三回と切りつけると、孝治の足が止まった。

あとは簡単。息の根を止めるだけだった。

# 8

レースのカーテン越しの太陽が、沙希の部屋を明るく照らしていた。

沙希が保存していたビスケットやクッキーやスナック菓子で腹を満たすと、隼人はゆっくりと立ち上がり、ベッドに身を横たえている沙希に歩み寄った。首にできた醜いアザさえ見なければ、沙希は気持ちよく眠っているかのようだった。

隼人は沙希の体に被せられている薄いタオルケットを、両手でそっと捲り上げた。

子供を産んだ経験があるようだったが、沙希は本当に美しい体をしていた。仰向けになっているために小ぶりな乳房は消滅しかけていたが、腕と脚がすらりと長く、ウエストが細くくびれ、腹部はえぐれるほどに凹み、腰骨が高く突き出していた。臍にはハート形をした金のピアスが光っていた。

今すぐに、また犯したい。

隼人は思った。だが、そうはせずに沙希に背を向け、プレハブのドアへと向かった。

そう。沙希を犯すのは、生き残っている全員を殺害してからだった。

# 第六章

## 1

漆の椀に注ぎ入れられたネギとわかめの味噌汁を、あずさは嚙み締めるようにして味わった。それは石橋麗子が人生の最後に作った味噌汁だった。

そう。ほんの少し前まで、石橋麗子はこの味噌汁を作っていたのだ。こんな時だというのに、昆布と鰹節できちんと出汁をとり、何種類かの味噌を混ぜ合わせ、何度も味見をしていたのだ。

それなのに、彼女は今、冷たい死体となっている。あずさにはその事実が、どうしても受け入れられなかった。

かつてのあずさは、人を憎んだことがなかった。けれど、今彼は、川端隼人という男を心の底から憎んでいた。

「石橋さんのお味噌汁、すごく美味しいね」

テーブルの向かい側で食事をしていた小川翠が顔を上げ、あずさを見つめて小声で言った。きっと、彼女もあずさと同じことを考えていたのだろう。ほとんど一睡もしていないという翠は憔悴して、やつれ切ったような顔をしていた。

「はい。美味しいです」

あずさもまた小声で答えた。

割れたままの窓から大きな波音が室内に絶え間なく飛び込んできたけれど、あれほど強かった風は徐々に治まり始めていた。台風が来る前までと同じように、辺りにはやかましいほどの蟬の声が響いていた。

あずさたちの前に慌ただしく食事を終えた星優佳里と一条千春が、窓から外の様子をうかがっていた。ふたりはどちらも怯えた顔をしていて、その手にはどちらも菜切り包丁を握り締めていた。その包丁は今、料理をするためのものではなく、自分たちを守るための道具になっていた。

これからのことは、まだ話し合っていなかった。けれど、仔羊島に渡るためには、筏を組むほかに方法はないということは、川端隼人を含めて、この島で今、生きている全員がわかっていることだった。

「物置から銛を持ってきたらどうでしょう?」

箸を動かす手を止めて、あずさは翠に提案した。物置小屋に魚を突く銛があることを思い出したのだ。それは真鍮製の三叉の銛で、巨大なフォークのような形状をしていた。

「いいかもしれないわね」

「だったら、取ってきます」

あずさは食事を中断して立ち上がった。柄の長さが一メートル以上ある銛は有力な武器になりそうだったから、川端に先に手にさせるわけにはいかないと思ったのだ。

「ひとりで大丈夫?」

「大丈夫です。ほかにも武器になりそうなものがあったら持ってきます」

そう言うと、あずさはモップを握り締めて外に飛び出した。


不意打ちを受けることがないように、なるべく見晴らしのいいところを選び、なおかつ、辺りを慎重に見まわしながらあずさは足速に物置小屋へと向かった。

強い太陽が容赦なく照りつけ、気温はぐんぐんと上がっていた。まだ、いたるところに水溜りが残っていたが、ぬかるんでいた地面は早くも乾き始めていた。

歩いていると、城戸孝治の遺体が目に入った。ハンサムな彼の顔には早くも、無数の蝿がたかっていた。

物置小屋は男子のプレハブのすぐ隣にあった。その小屋には大きな被害はないように見えた。

あずさは右手にモップを握り締めたまま、左手でその木製の扉をゆっくりと開いた。小屋には小さな窓ガラスがあって、そこから陽の光が差し込んでいた。

銛はすぐに見つかった。

物置小屋にはほかにノコギリがあったので、そのノコギリと三叉の銛を手にあずさは集会室のあるプレハブに足速に向かった。ノコギリは武器にすることもできそうだったし、筏を作る時には間違いなく必要になるはずだった。モップはその場に置いてきた。

来た時と同じ道を歩きながら、あずさは銛の木製の柄を握り締めた。その銛を使って、何度か魚を突いたことがあった。けれど、その鋭い先端を川端の肉体に突き入れることを思うと、強い怯えが込み上げてきた。

## 2

凄まじい悲鳴が耳に飛び込んできたのは、集会室のすぐそばまで戻って来た時だった。

その悲鳴の直後に、集会室のドアから背の高い男が走り出て来るのが見えた。川端隼人に違いなかった。

川端がこちらにちらりと視線を向け、あずさは反射的に三叉の銛を身構えた。けれど、川端はあずさには向かって来ずに、そのまま林のほうへと走り出した。

あずさはすぐそこにある集会室に向かって全力で走り、開かれたままのドアから室内に飛び込んだ。その瞬間、思わず低く呻いた。集会室の床に小川翠が腹を抱えるようにして蹲っていたからだ。

「あずさくんっ！」

部屋の隅にいた千春が叫んだ。そのすぐそばには優佳里が佇んでいた。

ふたりとも菜切り包丁を握り締め、恐怖に顔を引き攣らせていた。

それを見れば、何があったのかは一目瞭然だった。翠の口からは低い呻き声が漏れ続けていた。

「星さんと一条さんは小川さんを介抱してください。僕は川端さんを見張っています」

あずさが言い、千春が床に蹲ったままの翠に恐る恐る歩み寄った。けれど、茫然自失の状態に陥っているらしい優佳里はその場に立ち尽くしたままだった。

「小川さん……小川さん……」

わななく声で繰り返しながら、千春が翠の脇に身を屈めた。

「もうダメ……わたしはもう……助からない」

蹲ったままの翠が小声で答えた。彼女たちに背を向けているあずさにも、その苦しげな声が聞こえた。

「しっかりしてください、小川さん……そんなこと、言わないでください」

声を上ずらせて一条千春が言った。

「もうダメよ……死にたくなんかないけど……ここでは助かる方法はないわ」

喘ぐように翠が言い、優佳里が「いやっ……いやっ……」と繰り返ながら啜り泣いた。

千春によれば、川端が突如として集会室に飛び込んできたのは、あずさが戻って来る直前のことだったという。

三人の女は悲鳴を上げて逃げ惑った。川端は優佳里と千春には目もくれず、翠に向かって突進した。翠さえ殺せば、残りの三人はどうでもなると考えたのだろう。

厨房に追い詰められた翠は、そばにあった麺棒を握り締めて戦おうとした。実際、翠は振り下ろした麺棒で川端の頭をしたたかに打ち据えた。

頭を殴られた川端は一瞬、怯んだように見えた。だが、その直後に、獣のような叫びを上げながら、翠の腹部に刃の長いナイフを深々と突き入れた。

「さようなら、翠さん」

そう言って笑うと、川端は翠の腹からナイフを引き抜き、踵(きびす)を返して集会室から飛び出して行ったのだという。殴られた頭から溢れた血が、川端の額を流れていたのを千春は見たようだった。

「小川さんを連れて、女子のプレハブに移動しましょう。ここは危険です」

川端が戻って来ないか注意を払いながら、あずさはそう提案した。

「あずさくん、わたしのことは……放っておいていいよ。わたしはもう……助からない。だから……三人で移動して……」

蒼白な顔をした翠が震える声で言った。

「そんなことできない。翠さんも一緒に行きましょう」

大粒の涙を溢れさせながら千春が言った。

「一条さんと星さんは両側から小川さんを支えてください。僕は見張りをします」

あずさが言い、優佳里と千春が泣きながら翠に歩み寄り、両側から支えて翠を立ち上がらせた。

翠のTシャツの腹の部分には大きな血の染みができていて、その染みが今も広がり続けていた。


翠を綾乃の部屋の布団に横にならせ、鎮痛剤を服用させた。それが今できるすべてのことだった。腹部の傷は内臓に達しているようで、おびただしい量の出血が続いていた。

「川端さんは僕たちが今ここにいることを、間違いなく知っています。だから、星さんと一条さんは、僕が出て行ったらすぐに、ロープを使ってドアを外側から開けられないようにしてください」

泣き続けている優佳里と千春にあずさは言った。

「どこに行くつもり？」

充血した目であずさを見つめた千春が声を震わせて訊いた。

「僕は川端さんをやっつけてきます。やっつけて戻ってきます」

「ダメよ、あずさくん。絶対にダメ……あの人に殺されちゃう……」

「殺されるかもしれないけど、やっつけられるかもしれません。だから、僕は行ってきます」

「ダメよ、あずさくん。行かないで……行っちゃダメ……」

千春が泣きながら、あずさの腕を強く握り締めた。

「向こうの武器はナイフですが、僕にはこれがあります。きっとやっつけて戻って来ます。星さんと一条さんは、ここから絶対に出ないでください」

あずさはそう言って千春の手を払いのけると、銛を握り締めてドアへと向かった。

3

涙ながらに制止する千春の手を振り払うようにしてプレハブを出たあずさは、すぐそこに広がっている林へと向かった。

おそらく川端隼人はどこからか、あずさが女子のプレハブから出て来るのを目にしているはずだった。だから、とりあえず、林の中に身を隠すつもりだった。敵の姿を見失ったら、川端は焦って何らかの動きを見せるに違いなかった。

あずさは草むらに身を潜め、辺りの様子を慎重にうかがった。夏の太陽が容赦なく照りつけていたが、林の中は薄暗かった。

まだ強い風が木々の枝をなびかせていた。林の中にも蟬の声が響き渡っていた。木々の葉の間から細く差し込む木漏れ日が、いたるところを照らしていた。

自分はこれから、人を殺そうとしているのだ。そう考えると、心臓が激しく鼓動した。

それでも、あずさはやるつもりだった。

僕はいつの間に、こんなに勇敢になったんだ？

こんな時だというのに笑みが浮かんだ。とても、とても、遠いところに来てしまったような気がした。


林の中に身を隠していると急に、本当に急に、母のことを思い出した。

そばにいる時は、美しいと思ったことはなかった。あずさはそれほど幼かったのだ。けれど、何年かがすぎて母の写真を見た時に、あずさは『綺麗だったんだな』と感じた。

そう。あずさの母は本当に美しかった。顔立ちがあまりに整っているために、少し冷たい印象を覚えるほどだった。

美しくはあったけれど、母は母性を持たない人だった。少なくとも、あずさに対してはそうだった。

あずさには母に抱き締められた記憶もなかったし、優しい言葉をかけてもらった記憶もなかった。それどころか、母が自分に笑顔を向けたという記憶もなかった。

虐待されていたという、はっきりとした記憶はない。けれど、幼い子供を無視するというのは、やはり虐待だった。

お母さんはどうして、僕を無視したのだろう？　どうして親権を放棄したのだろう？

お母さんは子供が好きではなかった。だから、僕をほったらかしていた。

あずさはそう思おうとした。けれど、心の中には別の答えも用意されていた。それは、母は子供が嫌いだったのではなく、あずさが嫌いだったという答えだった。

母に会いたいと思ったことは、これまで一度もなかった。今だって、会いたいとは思わない。だが、こうして林の中に身を潜めていると、母のことばかりが思い出された。

## 4

一条千春は書斎として使っていた自分の部屋で、両手で膝を抱えていた。

かつてと同じように、小さな座り机の上には今も一台の読書灯と執筆中の原稿、それに国語辞典が置かれていた。野の花を生けた花瓶も置いてあったが、その花はすでにしおれて首を垂れていた。

ベニヤ板の薄い壁には、今も國分が書いた色紙が貼られていた。『海に往きて釣をたれ、初に上がる魚をとれ』と書かれた色紙だった。

千春は國分を心から敬愛していた。けれど、今、考えているのは國分のことではなく、早野あずさという年下の少年のことだった。彼がこのプレハブを出て行ってから、すでに一時間が経過していた。

もし、殺されてしまったら……そう考えると、体が震え、胸が締めつけられ、息苦しささえ覚えた。

四月にこの島にやって来たあずさを目にした瞬間、千春は衝撃に近いものを感じた。それほど美しい男を見たのは初めてのような気がした。

それまでも千春の周りには何人もの美男子がいた。けれど、彼らの容姿に惹かれたことは一度もなかった。それどころか、容姿のいい男たちに嫌悪に近い感情さえ抱いていた。

そういう男たちは多かれ少なかれ、自分たちの容姿の良さを鼻にかけて、自惚(うぬぼ)れているように感じられたのだ。

男女を問わず、千春は自惚れの強い人間が嫌いだった。

あずさ自身も自分の容姿の美しさは自覚しているはずだったし、これまでにもたくさんの女たちから愛の告白を受けているに違いなかった。けれど、彼からは自惚れのようなものは微塵も感じられなかった。いや、むしろ、彼は自分の容姿に戸惑っているようにも見えた。

あずさくんは心が綺麗なんだ。その心の美しさが外に現れているんだ。

千春はそんなふうに感じていた。

その彼に、自分の気持ちを告白したのは、綾乃の死体を埋葬した日の夜のことだった。それを口にするのは勇気が必要だった。

あずさは明らかに戸惑っていた。彼のほうはきっと、千春のことを何とも思っていないのだろう。

あの時は『言わなければよかった』と思った。だが、今は言っておいてよかったと考えていた。

あしたの今頃、ふたりが生きているという保証はどこにもないのだ。それどころか、もしかしたら、あずさはすでにこの世の人ではないかもしれないのだ。

あずさくん、死なないで。死なないで。

千春は今、かつてないほど強く、それを願っていた。

千春の耳に妙な音が飛び込んで来たのは、奥歯を噛み締めて壁の色紙を見つめている時だった。

千春はとっさに部屋を飛び出した。その瞬間、凍りついた。薄暗い廊下の外れに、星優佳里が宙吊りになって浮かんでいたからだ。

天井のすぐ下に剝き出しになっている金属製のパイプにロープが縛りつけられていて、優佳里はそこにぶら下がっていた。優佳里の首にはそのロープが深々と食い込んでいて、足元には倒れた椅子が転がっていた。

それを見れば、何が起きたのかは一目瞭然だった。

「優佳里さんっ！」

半ば絶叫しながら、千春は優佳里に駆け寄った。そして、震える手で椅子を起こしてそこに飛び乗り、優佳里の首に巻きつけられているロープを何とか解こうとした。だが、それはどうしてもうまくいかず、千春は自分の部屋に駆け込んで引き出しのハサミを取り出し、そのハサミを使って張り詰めているロープを切断した。

ロープが切れた瞬間、優佳里はドサリと床に落ちて仰向けになった。千春はすぐに優佳里の胸に耳を押し当てた。

だが、心臓の鼓動は聞こえなかった。

「優佳里さんっ！　死なないでっ！　優佳里さんっ！　優佳里さんっ！」

高校の授業で習ったことを思い出しながら、千春は優佳里に心臓マッサージと人工呼吸を施し始めた。

生き返って欲しかった。もう人が死ぬのは懲り懲りだった。

けれど、いつまで経っても優佳里の心臓が再び動き始めることはなかったし、呼吸が甦ることもなかった。

十分以上の時間が経過し、千春はついに蘇生を諦めた。

「どうして、こんなことをしたの……どうしてなの……」

千春は両手で髪を掻き毟って泣いた。

その瞬間、背後に何かを感じて振り向いた。

そこには何もいなかった。だが、恐ろしい死神が自分に近づいているような気がした。

## 5

あずさは林の中の草むらの陰で、ほとんど身動きすることなく蹲り続けていた。

気温が徐々に上がっているのが、はっきりと感じられた。風も随分と弱くなり、辺りにはムッとするような熱気が立ち込め始めていた。いつの間にか、あずさの体も噴き出した汗にまみれていた。

自分には取り柄というものが何もないのだと、あずさはずっと思っていた。容姿が美しいだけで、中身は空っぽなダメ人間なのだ、と。

けれど、彼には待つことを苦にしないという長所があるようだった。

そう。アリジゴクがすり鉢型の巣の底で、偶然にも蟻が落ちてくるのを辛抱強く待ち続けるように……あるいは蜘蛛が空腹に耐え、いつ飛んで来るとも知れぬ獲物を待ち続けるように……あずさもまた、苛立つことも焦ることもなく、川端隼人が姿を見せるのを待ち続けた。

そんなふうにしていると、外出している母の帰りを待っていた時のことが頭に浮かんだ。

母はあずさを家に残して、しばしば長時間にわたって外出していたものだった。

お母さんは今、どこで何をしているんだろう?

そんなことを何度となく思った。だがやはり、会いたいとは思わなかった。

いや、どうだろう?

今はもう、わからなかった。


こちらに向かって来る川端の姿が視界に入ってきたのは、林の中に身を潜めて二時間近くが経過した頃だった。

思った通り、あずさを見失ったことで川端は焦っているようだった。彼は左右の手に二本の大きなナイフを持ち、ひどく顔を強ばらせ、辺りの様子をしきりに窺い(うかが)ながら、あずさが身を潜めている草むらに少しずつ近づいてきた。

あずさは銛の柄を握り締め、川端の姿を見つめた。川端もまた、疲れ切った表情をしていた。血のこびりついた額は、噴き出した汗で光っていた。

この男が楽園を消滅させたのだ。夢に向かって歩き続けていた者たちを、次々と殺害したのだ。

けれど、今になっても、それを実感することができなかった。まるで悪い夢の中をさまよい続けているかのようだった。

川端はさらに近づいてきて、やがて、あずさのいる草むらのすぐ脇に……わずか二メートルほどのところに通りかかった。少し乱れたその息遣いが、あずさの耳にもはっきりと届いた。

川端は白いTシャツにカーキ色の短パンという恰好をしていた。かなり汚れたそのシャツにも木綿の短パンにも、変色した血のような染みがいくつもついていた。

あずさの脇を通りすぎたところで、川端は足を止めて手の甲で額の汗を拭った。薄いシャツの背に大きな汗染みができているのが見えた。

よし、やろう。

あずさは決意し、次の瞬間、草むらから勢いよく飛び出した。そして、その物音に振り向きかけた川端に向かって、鋭利な三叉の銛を素早く突き出した。

行動を起こした時には、背の中央を刺すつもりだった。けれど、銛を突き出した瞬間、あずさはとっさに目標を変えた。力も抜いた。川端の顔を見てしまったからだ。

そのことによって、三叉の銛は川端の背ではなく、カーキ色の短パンの上から右の尻に突き刺さった。あずさが力を抜いたので、その傷はそれほど深くないはずだった。

尻を刺された川端が意味をなさない声を上げて飛び退いた。

「あずさ、こんなところにいたのかっ！」

こちらに向き直った川端が、刺された尻に手をやり、汗まみれの顔を歪めて叫ぶように言った。その左右の手には今も、大きなナイフが一本ずつ握られていた。

背を刺せなかった自分の弱さを責めながらも、あずさは再び銛を身構え、三叉に割れたその先端を川端に向けた。

「動かないでくださいっ！　ナイフを捨ててくださいっ！」

銛の柄をしっかり握り締めてあずさは言った。

「あずさ、俺を殺せると思っているのか？」

両手にナイフを握り締めた川端が不敵な笑みを浮かべた。

「ナイフを捨ててくださいっ！　捨ててくださいっ！」

あずさは繰り返した。心臓が猛烈な鼓動を続けるのがわかった。

「嫌だね。断る」

二本のナイフをあずさに向けて川端が言った。

「川端さん、どうして……どうして、あんなことをしたんです？　いったい……何のために……あんなひどいことをしたんです？」

汗ばんだ手で銛の柄を強く握り締め、声を上ずらせてあずさは訊いた。体が激しく震えていた。川端に向けられた銛の先端も震えていた。

「理由か？　冥土の土産に教えてやってもいいが、時間の無駄だからやめておく。俺の話を聞いた直後に、お前は死ぬことになるんだからな」

川端がまた笑った。

「川端さんを信じていたのに……それなのに……それなのに……」

「あずさ、話は終わりだ。かかって来い」

川端がまたしても不敵に笑った。唇のあいだから白い歯が覗いた。

もはや選択肢はなかった。次の瞬間、あずさは川端に向かって突進した。今度は彼の腹部に、鋭利なその先端を深々と突き入れるつもりだった。

だが、川端が素早く身をかわしたことで、その一撃は彼の脇腹をわずかに傷つけ、シャツを引き裂くことしかできなかった。裂けたシャツが、噴き出した血液でたちまちにして赤く染まり始めた。

「痛（いて）えなっ！　畜生っ！」

川端が顔を歪めて大声で叫んだ。

すぐにあずさは次の攻撃を開始した。今度こそ、彼を殺すつもりだった。

けれど、今度も川端は銛の先端から素早く身をかわし、その攻撃からかろうじて逃れた。

それだけでなく、手にしたナイフを投げ捨てると、あずさが突き出した銛をがっちりと握り締め、それを力ずくで奪い取ろうとした。

あずさは足を踏ん張って、銛を引き寄せようとした。この銛を奪われたら終わりだった。運動会の競技の『棒引き』のような状態が数秒のあいだ続いた。けれど、力は川端のほうが遥かに強く、あずさは徐々に引き寄せられていった。

「諦めろ、あずさっ！　お前に勝ち目はないっ！」

そう言った直後に、川端がさらに銛を引き寄せながら、あずさの腹部の中央を、スニーカーを履いた右の足の裏で思い切り蹴飛ばした。

背中にまで達するような衝撃が、華奢なあずさの肉体を貫いた。

「ぐふっ」

あずさは低く呻くと、思わず銛から手を放してしまった。それだけでなく、口から胃液を溢れさせながら後退り、直後に尻餅を突くようにして地面に倒れ込んだ。

目が眩み、息が止まった。川端が奪い取った銛を持ち直し、三叉に割れたその先端をあずさに向けるのが見えた。

「勝負ありだな。覚悟しろ」

川端が言った。その顔には鬼のような形相が浮かび上がっていた。

何か武器になるものはないかと、あずさは夢中で手を伸ばし、そこにあった木の枝を握りしめた。だが、そんなもので対抗できるとは思えなかった。

「死ねっ！」

川端が銛を振りかざし、あずさは思わず目を閉じた。

凄まじい痛みが襲いかかってくることと、死ぬことを覚悟した。けれど、いつまで経っても痛みは襲ってこなかった。

あずさは再び目を開けた。

川端は相変わらず、銛を手にしたままあずさの前に立ち尽くしていた。

## 6

やがて川端が三叉の銛を地面に突き刺した。そして、あずさに無言で歩み寄ると、シャツの襟元を鷲掴みにして力ずくで立ち上がらせた。

「あずさ、お前を殺すのは、俺を傷つけたことを後悔させてからだ」

そう言って笑うと、川端があずさの腹部に右の拳を深々と突き入れた。

再び、凄まじい衝撃が肉体を突き抜け、あずさは体をふたつに折って「ぐふっ」と呻いた。またしても、胃液が口から溢れ出て、落ち葉の堆積した地面に滴り落ちた。

そんなあずさの襟首を摑んだまま、今度は川端が右の拳であずさの顔を殴りつけた。

その一撃で、あずさは数メートルも吹っ飛び、両手で顔を押さえて転げまわった。

「ああっ、気持ちがいいっ！ 綺麗な女をいたぶってるみたいだっ！」

川端は大声でそう言いながら、仰向けになって悶絶しているあずさに歩み寄り、その腹部にどしんと腰を下ろした。

「うぐっ」

またしても、息が止まり、口から胃液が溢れ出た。

敗北感に支配されつつも、あずさは目を見開き、すぐ上にある川端の顔を見つめた。

「気分はどうだ、あずさ？」

あずさの腹に馬乗りになったままの川端が笑った。その直後に、川端は右手を高く振り上げ、その手をあずさの左の頰に向かって力任せに振り下ろした。

ばちんという音とともに、あずさの顔は完全に真横を向いた。

その凄まじい一撃で、あずさは意識を失った。だが、失神し続けていることはできなかった。その直後に、今度は右の頰に強烈な平手打ちが浴びせられたのだ。

意識を取り戻したあずさは、何かを言おうとした。けれど、その前に再び川端が右の平手を左の頬に振り下ろし、あずさはまたしても気を失った。

「起きろ、あずさっ！　目を覚ませっ！」

そう怒鳴りながら、川端がさらに平手打ちを浴びせ、あずさはまた朦朧となりながらも目を開いた。

だが、その直後に、一段と強い平手打ちが浴びせられ、あずさはまた気を失った。

失神しては、無理やり覚醒させられる。失神しては、また覚醒させられる。そんなことが、何度となく繰り返された。

いつの間にか、あずさの耳は左右ともまったく聞こえなくなっていた。口内のいたるところが切れ、口の中は血まみれの状態だった。左右の頬が熱を発し、ずきずきと疼きながら腫れ上がっていくのがわかった。

あずさの腹部にまたがったままの川端が何かを言った。唇が動くのがぼんやりと見えた。けれど、あずさにはもはや、その声を聞き取ることはできなかった。

すぐそばに落ちていたナイフを川端が手に取った。そして、その鋭利な刃で腫れ上がったあずさの頬を何度か撫でてから、あずさが身につけていた石橋麗子のTシャツを下から上に向かって一気に引き裂いた。

剝き出しになったあずさの上半身を見つめて、川端が何かを言って笑った。けれど、あずさの左右の耳ではキーンという甲高い音が続いていて、やはりその声を聞き取ることはできなかった。

腹部に馬乗りになっている川端があずさの胸に両手をあてがい、膨らみなど少しもないそこをゆっくりと揉みしだいた。その後は、あずさの胸に顔を伏せ、小さな乳首を貪るかのように吸った。

朦朧となりながらも、あずさは岸田を思い出した。かつては岸田もあの部屋にやって来るたびに同じことをしたものだった。

やがて、川端が顔を上げ、また何かを口にした。けれど、やはりその声を聞き取ることはできなかった。

その直後に、川端が再び、あずさの左の頬に強烈な平手打ちを浴びせた。その一撃で、あずさはもう一度、意識を失ってしまった。

肛門に襲いかかってきた激痛に、失神していたあずさは必死で目を開いた。そして、その瞬間に、自分が何をされているのかを理解した。

そう。いつの間にか衣類のすべてを剝ぎ取られ、落ち葉の堆積した地面に俯せになっているあずさの背に、川端がその体を重ね合わせているのだ。背後から髪を鷲摑みにして押さえ込み、あずさの肛門に男性器を押し込んでいるのだ。

「あっ……ああっ……」

あずさは思わず呻いた。けれど、彼にできたのは、それだけだった。

すぐに、背中に乗った川端が腰を荒々しく打ち振り始めた。太い男性器が直腸の内側の壁を擦りながら出たり入ったりを繰り返し、あずさは死がすぐそこにあるのをはっきりと感じた。

もはや、できることは何もないのだ。あずさの中に体液を注ぎ入れたら、川端はあずさを殺すのだ。それだけでなく、あずさを殺したあとで、女子のプレハブに残っているふたりを殺すのだ。

## 7

いったい、どれくらいのあいだ、川端はあずさの上で動き続けていたのだろう。あずさは落ち葉の堆積の中に腫れ上がった顔を埋め、呻きを漏らし続けていた。

やがて、背中が一段と重たくなり、あずさの体が柔らかな土に深くめり込んだ。同時に、腰を打ち振っていた川端の動きが急に止まった。

あずさは閉じていた目を開いた。三年に及ぶ岸田との経験から、川端が直腸の中に体液を放出したのだろうと思った。

あずさは長い首をひねって、腫れ上がった顔を背後に向けた。そして、見た。一条千春が川端の背に抱きつくようにして、身を重ねているのを見た。川端の顔が苦痛に歪んでいるのを見た。

すぐに千春は川端から離れた。それに続いて、川端が転げ落ちるようにしてあずさの背から降りた。

その瞬間、川端の背中の真ん中に、ナイフの柄らしきものが突き立っているのが見えた。そう。千春が川端にナイフを突き刺したのだ。

「くっ……そうっ……千春……」

顔を歪めた川端が言った。その声があずさにも微かに聞こえた。

川端は全身を震えさせながら立ち上がろうとした。だが、立ち上がることはできず、再び地面に腹這いになった。

「あずさくんっ！」

千春が叫びながら、全裸のあずさに駆け寄ってきた。

あずさは懸命に上半身を起こすと、すぐそばに投げ捨てられていた下着と短パンに手を伸ばし、それを何とか身につけた。

千春はあずさの脇に身を屈め、両手であずさの体を強く抱き締めた。

「千春さん……ありがとう……」

あずさは言った。けれど、何度も殴られた顔がひどく腫れ上がっていて、それだけのことを言うのも容易ではなかった。

千春に抱き締められたまま、あずさはすぐそばに俯せに倒れている川端を見つめた。背にナイフを突き立てたままの体が、痙攣するかのように動いていた。けれど、すでに意識はないように見えた。

「間に合ってよかった……よかった……」

あずさに抱きついたままの千春が繰り返した。あずさの耳では超音波のような音が続いていたが、その言葉ははっきりと聞こえた。

# 8

川端隼人の呼吸が止まり、心臓が動いていないことをしっかりと確かめてから、あずさは千春に抱えられるようにして集会室へと向かった。石橋麗子から借りたシャツは引き裂かれてしまったので、上半身は裸だった。

強い眩暈がして、足がひどくふらついていた。左右の頬は一段と腫れ上がっていて、強い痛みと焼けるような熱を発し続けていた。

午後の太陽が照りつけていた。壊れた小屋から逃げ出した鶏が、あちらこちらに歩いていた。風はかなり穏やかになっていたが、打ち寄せる波の音は今も大きかった。

集会室に向かっているあいだに、あずさが女子のプレハブを出てからのことを、沈痛な顔をした千春が話して聞かせてくれた。

「ナイーブな人だったから、城戸さんが殺されたことで絶望したんだと思う」

顔を俯かせた千春が淡々とした口調で言い、あずさは無言で頷いた。

星優佳里が自殺した直後に、千春は小川翠の容体を確認しに行った。

翠が生きていて欲しいとは思っていた。けれど、生きていたからといって、どうなるものではなかった。

翠の部屋のドアの外から、千春は翠の名を何度か呼んだ。だが、室内からの応答はなく、千春は恐る恐るドアを開けた。

小川翠はすでに死んでいた。体は温かかったけれど、もう心臓は動いていなかった。

その直後に、千春は女子のプレハブを飛び出した。その場に止まっているという選択肢はなかった。あずさが生きていても、殺されていても、とにかく川端に立ち向かおうと思ったのだ。

千春はまず沙希のプレハブに向かい、陳列棚に並んでいるナイフの中から一番大きなものを手に取った。そして、ずっしりとしたそれを握り締めてあずさと川端を探した。

ふたりはすぐに見つかった。苦しげに呻くあずさの声が聞こえてきたからだ。

林の中で、裸のあずさの背中に覆い被さって腰を振っている川端の姿を見た時、千春は目を疑った。

千春に性体験はなかった。それでも、川端が何をしているのかはわかった。

千春は強烈な怒りを覚えた。もはや、迷いはなかった。川端隼人は殺されるべき男だった。

千春はナイフを握り締め、息を殺し、足音を忍ばせて背後から川端に近づいた。足元の落ち葉が音を立てたが、夢中であずさを犯している川端が振り向くことはなかった。

川端の背中にナイフを突き入れた瞬間、鋭利な刃が肉を切り裂き、骨を擦りながら川端の体の中に沈み込んでいくのを、千春はその手にはっきりと感じた。

「僕がやるべきだったのに……それを千春さんにさせてしまって……ごめんなさい」

あずさは謝罪した。純真だった千春を、自分が穢してしまったのだと思った。

「謝ることはないよ。うまくいってよかったよ」

あずさの顔を見つめた千春が呟くように言った。

その言葉に頷きながら、あずさは自分が今も生きていることと、これからも生きていられるということに感謝した。

『すべての生命体の目的は生きることなんだ。生き延びることなんだ。だから、夜、無事に布団に入ることができれば、その日の目的は達成したということなんだ』

この島に来たばかりの頃に國分から聞かされた言葉の本当の意味が、あずさにもようやくわかったような気がした。

# エピローグ

集会室の調理場には今も石橋さんが横たわっていた。床には翠さんの血も点々と残っていた。

そんなおぞましい集会室の片隅で、二脚の椅子に向き合うように腰掛けて、わたしはあずさくんの顔の傷の手当てをした。

手当てと言っても、薬箱の中には消毒液や軟膏のようなものしかなかったから、たいしたことができるわけではなかった。女の子のように美しかったあずさくんの顔は別人かと思うほど腫れ上がっていた。

あずさくんは疲れ切った顔をしていた。自分では見えなかったけれど、きっとわたしも同じような顔をしているのだろう。

そう。わたしたちは目を開けているのも辛いほどに疲れ切っていた。普通の人なら決してしないような体験をさせられたせいで、精も魂も尽き果てていたのだ。

それなのに……あんなにひどいことが次々と起こったというのに……窓から入ってくる蝉たちの声も、風の音も波の音も、以前と少しも変わらなかった。

わたしにはそれが、とても不条理に感じられた。


十分ほどで傷の手当ては終わった。消毒液や軟膏を薬箱に戻しているわたしに、あずさくんがおずおずとした口調で、「あの……千春さん」と話しかけた。

「なあに？」

わたしはあずさくんを見つめた。

「千春さんは、今も、あの……僕のことが……あの……好きですか？」

瞼が腫れて細くなってしまった目でわたしを見つめたあずさくんが、やはりおずおずとした口調で訊いた。

「ええ。好きよ」

どうして今、そんなことを訊くのだろうと思いながらも、わたしは小声で答えた。

「そうですか。だったら、あの……僕はこれからの人生を……千春さんだけのために生きることにします……」

腫れ上がったあずさくんの口から、思いもしなかった言葉が出た。

「あの……どうして、そんなことを言うの？」

わたしは訊いた。突如として、心臓が高鳴り始めたのがわかった。

「千春さんが来てくれなかったら、僕は……もう死んでいたはずです。だから……僕の命は千春さんのものです」

わたしはあずさくんの顔をぼんやりと見つめた。

一時の感情の高ぶりから、彼が心にもないことを言っているのだろうと思った。けれど、おずおずと語られる彼の言葉を聞いていたら、なぜか目頭が熱くなった。

「わたしが望んだら、あずさくんは……ずっとそばにいてくれるの？」

さらに心臓が激しく高鳴るのを感じながらわたしは訊いた。

「はい。千春さんが望むなら……僕はずっとそばにいます。千春さんがして欲しいことは、何でもします」

あずさくんがはっきりとした口調で言った。

そして、わたしは想像した。彼とふたりで生きる、これからの時間を想像した。

やがて、わたしはゆっくりと口を開いた。

「あずさくん、本当に、わたしのして欲しいことは……何でもしてくれるの？」

「ええ。僕にできることなら……」

「だったら……抱き締めて」

わたしは思い切ってそういうと、椅子からゆっくりと立ち上がった。

あずさくんも静かに腰を上げた。そして、わたしの顔をもう一度見つめてから、剝き出しの腕を、ためらいがちに前方に差し出し、わたしの体を両手でそっと抱き締めた。

わたしだけが幸せでいいのだろうか？　こんなことって、あまりにも不公平なんじゃないだろうか？

あずさくんの腕の中でわたしは思った。


わたしたちは集会室のテーブルに向き合い、ご飯と味噌汁、それに糠漬けという質素な食事をした。あずさくんが空腹を訴えたからだ。

食事をしながら、わたしはいろいろなことを考えた。命の危険は去ったはずなのに、わたしの中には次々と不安が広がっていった。

素人のわたしたちが作った筏なんかで、無事に仔羊島に行き着くことができるのだろうか？　文明社会に戻ったら、あずさくんの心はすぐに、ほかの女のところに行ってしまうのではないだろうか？　わたしが犯した殺人が、罪に問われることはあるのだろうか？　このわたしは文明社会の生活に適応できるのだろうか？

「千春さん、何を心配しているんですか？」

箸を止めたあずさくんが、わたしの顔を見つめた。きっと、思い煩う気持ちが顔に表れていたのだろう。

「うん。あの……別に、何も……」

「ああ信仰うすき者よ」

あずさくんが腫れ上がった顔を歪めるようにして笑いながら、新約聖書の一節を口にした。

心を完全に読まれていることに、わたしは少し驚いた。『ああ信仰うすき者よ』という一節には、『さらば何を食ひ、何を飲み、何を著んとて思ひ煩ふな』という言葉が続くのだ。

「大丈夫ですよ、千春さん」

その言葉に、わたしは頷いた。微笑んだけれど、なぜか、涙が溢れた。

再びわたしたちは箸を動かし始めた。口の傷に染みるようで、あずさくんは少し顔を歪めて味噌汁を飲んでいた。

そんな彼を見ながら、わたしも椀の中の味噌汁を啜った。石橋さんが人生の最後に作った味噌汁は、涙ぐんでしまうほど美味しかった。

風の音が続いていた。波の音も聞こえた。窓のすぐ向こうで、小屋から逃げ出した鶏がけたたましく鳴いた。窓から吹き込んできた木の葉が、あずさくんとわたしのあいだをゆっくりと舞った。

その時、わたしは急にあることを思いつき、しばらく頭の中を整理してからその考えを口にした。

「ねえ、あずさくん。この島であったことを、ふたりで書いてみるっていうのはどうかしら？」

箸を動かす手を止めたあずさくんが、意外そうな顔をしてわたしを見つめた。

そんなあずさくんを目にした瞬間、ふとした思いつきにすぎなかったそれは、わたしの中で『しなければならないこと』へと急激に変化していった。

そう。書くべきなのだ。書かずに済ますことはできないのだ。

「みんながこの島で、夢を抱いて暮らしていたということを、しっかりと書き残すことが、生き延びたわたしたちの義務だと思うの。それがみんなの弔(とむら)いになると思うの。だから、あずさくん、ここでの出来事を、ふたりで一緒に書こうよ」

込み上げる思いに駆られ、強い口調でわたしは言葉を続けた。

「それは、あの……千春さんが書くといいですよ」

茶碗の脇に箸を置いたあずさくんが、おずおずとしたいつもの口調で言った。

「わたし、あずさくんと一緒に書きたいの。最初の本をあずさくんとの共著にしたいの。わたしたち以外に書ける人はいないんだから、どこの出版社だって採用してくれるよ」

そう言っているあいだにも、わたしの中ではその本のイメージが膨らみ続けていった。

まさに今、わたしの目には、言葉の大海を移動していく巨大な魚影が見えていた。あとは、あずさくんと一緒に網を投げ入れ、網にかかった言葉の数々をわたしたちの舟の上に引き上げるだけだった。

「僕なんかに……書けるかな?」

呟くかのように、あずさくんが言った。腫れ上がった顔には、不安そうな表情が浮かんでいた。

「大丈夫。ふたりで協力すれば、絶対にうまくいく」

力を込めてわたしは言った。ほんの少し前まで命の危険に怯えていたというのに、わたしの中にはまた『書きたい』という欲求が甦っていた。

「千春さんがそう言うなら……頑張ります」

自信がなさそうな口調であずさくんが言い、わたしの中でその本のイメージがさらに膨らんでいった。

生き残ったわたしたちがこの大事件を書くというのは、みんなの死を利用することなのかもしれない。

一瞬、そんな思いが頭をよぎった。けれど、もし、生き残ったのが塾長だったとしたら、彼はそれを書くに違いなかった。綾乃さんも由美さんも翠さんも、城戸さんも吉岡さんも久保寺さんも、きっとそれを書くはずだった。

あんなにも大勢の人が死んだというのに、わたしたちは生き延び、こうして食事をしている。そのことに対する後ろめたさは確かにあった。けれど、それ以上は考えなかった。

吹雪の夜を生き延びる小鳥がいれば、朝を迎えられずに絶命する小鳥もいるということなのだ。

「あずさくん、頑張ろうね」

わたしが言い、あずさくんがゆっくりと頷いた。

窓のすぐ外で、また鶏がけたたましく鳴いた。

# あとがき

作家になりたいと思い立ったのは、中学三年生の時だった。

それから僕はせっせと小説を書いた。高校と大学に通っている七年間には、年に一作か二作の小説を書いてさまざまな出版社の文学賞に投稿した。あの頃はすべて、原稿用紙に鉛筆で書いていた。

受賞にはいたらなかったが、応募作品が当時の角川書店の文学賞の最終選考に残って、受賞できるかと期待したことも二度ほどあった。

大学を卒業してからも、作家になるという夢を抱いて僕は小説を書き続けた。だが、社会人になってからは仕事に追われて、まとまった執筆の時間が取れなくなった。ようやく書き上げた小説を投稿しても、一次選考にさえ残らないということも多くなっていった。仕事もどんどん忙しくなり、小説を書き上げることも難しくなった。

そんな日々の中で、やがて僕はまったく小説を書かなくなり、そして、いつしか、作家になるという夢を諦めた。

プロの作家になるなんて、夢のまた夢だったということに気づいたのだ。

そんな僕が再び執筆を始めたのは、妻と結婚した翌々年だった。作家になるのが夢だったと僕から聞かされた妻が、「だったら、書きなさい」と背中を押してくれたのだ。今からちょうど三十年前、一九九二年の春のことだった。

妻の応援を受けて、僕は久しぶりに小説を書き始めた。あの時には手書きではなく、ワープロを使っていた。

『今度こそ』と僕は意気込んだ。けれど、長く書いていなかったということもあって、執筆はとても難航した。いくら頑張っても、満足いくような文章が書けなかったのだ。

書けば書くほど、僕の頭は混乱した。最後には自分が書きたいものさえわからなくなってしまった。

やっぱりダメかもしれない。僕は今、とても無駄なことに時間を費やしているのかもしれない。

絶望的な気持ちで僕は思った。それはまさに、真っ暗な洞窟の中を、手探りで歩いているかのようだった。

心が今にも折れそうだったが、僕は何とか書き続けた。そんなある日、暗がりに一筋の光が差し込んだ。意志を持たないという意志を持った『ヒカル』という名の少年が、突如として僕の上に舞い降りてきたのだ。

その奇跡の少年をしっかりと捕まえ、自分の小説の中に封印してしまうために、それからの僕は少しでも時間があれば小説を書いた。休日には朝から夜まで書き続けた。

そんなふうにして、『履き忘れたもう片方の靴』は完成し、その小説によって僕は作家としてデビューすることになった。

デビューした時には、あと二冊か三冊の本が書ければいいと思っていた。五冊の本を刊行できるようなことがあったら、死んでもいいとさえ考えていた。

だが、その後も奇跡は続き、僕は次々と新しい本を発表することができた。デビューした時には想像すらできなかったが、本作品が新刊としては七十冊目になる。

七十冊！　こんなにもたくさんの本を刊行できたのは、読んでいただいているみなさまのおかげです。ありがとうございます。

異端の作家にすぎない僕の心の支えは、応援してくれるみなさまだけです。これからも必死で書き続けますので、引き続き応援していただければ幸いです。

お気づきのかたもいらっしゃるかもしれないが、この作品の主人公、早野あずさのモデルは『履き忘れたもう片方の靴』のヒカルである。

自分を作家にしてくれた少年を、もう一度書いてみたいと、僕はずっと思っていた。だが同時に、彼を再び書くことにためらいもあった。もし失敗したら、ヒカルに対して申し訳ないと感じていたのだ。

それでも、七十冊目になるこの本に、僕は再びヒカルを書いた。記念すべきこの作品の中で、彼がまた光り輝いてくれることを心から祈っている。

最後になってしまったが、徳間書店の加地真紀男氏に心から感謝する。加地さんのおかげで七十冊目の本ができました。ありがとうございます。これからも、どうぞよろしくお願いいたします。

二〇二二年三月　桃の節句に

大石　圭

この作品は徳間文庫のために書下されました。
なお本作品はフィクションであり実在の個人・団体などとは一切関係がありません。

徳間文庫

# 魚影島の惨劇



2022年5月15日 初刷

著者 大石圭

発行者 小宮英行

発行所 株式会社徳間書店

東京都品川区上大崎三─一─一
目黒セントラルスクエア 〒141─8202

電話 編集〇三(五四〇三)四三四九
販売〇四九(二九三)五五二一

振替 〇〇一四〇─〇─四四三九二

印刷
製本 大日本印刷株式会社

ISBN978-4-19-894738-5 (乱丁、落丁本はお取りかえいたします)

# 徳間文庫の好評既刊

大石 圭

## きれいなほうと呼ばれたい

星野鈴音は十人並以下の容姿。けれど初めて見た瞬間、榊原優一は激しく心を動かされた。見つけた！　彼女はダイヤモンドの原石だ。一流の美容整形外科医である優一の手で磨き上げれば、光り輝くだろう。そして、自分の愛人に……。鈴音の「同僚の亜由美より綺麗になりたい、綺麗なほうと呼ばれたい」という願望につけ込み、優一は誘惑する。星野さん、美人になりたいと思いませんか？